EL BARCO
DE VAPOR

Apareció en mi ventana

Alfredo Gómez Cerdá

PREMIO EL BARCO DE VAPOR 1989

Ilustraciones de Mar Ferrero

sm

fundación sm

La Fundación SM destina los beneficios de las empresas SM a programas culturales y educativos, con especial atención a los colectivos más desfavorecidos.

Si quieres saber más sobre los programas de la Fundación SM, entra en
www.fundacion-sm.org

LITERATURA**SM**•COM

Primera edición: mayo de 1990
Cuadragésima edición: junio de 2018

Gerencia editorial: Gabriel Brandariz
Coordinación editorial: Carolina Pérez
Coordinación gráfica: Lara Peces

Impresores, 2
Parque Empresarial Prado del Espino
28660 Boadilla del Monte (Madrid)
www.grupo-sm.com

ATENCIÓN AL CLIENTE
Tel.: 902 121 323 / 912 080 403
e-mail: clientes@grupo-sm.com

ISBN: 978-84-675-8949-8
Depósito legal: M-12465-2018
Impreso en la UE / *Printed in EU*

1

OCURRIÓ, poco más o menos, hace dos meses. Se me olvidó entonces hacer una señal en el calendario, por eso hoy no puedo recordar el día exacto.

Yo estaba asomado a la ventana de mi habitación porque me había cansado de estudiar. Debía aprenderme tres temas enteros de Lengua para un examen que tenía al día siguiente. El séptimo, el octavo y el noveno. Eran tres temas aburridísimos. Se lo dije a mi madre cuando me trajo la merienda.

–¡Son un rollo!

–Siempre dices lo mismo –me replicó ella.

–Pero esta vez es verdad. Tú misma puedes verlo si quieres.

Y le tendí el libro para que pudiese comprobar que era cierto lo que decía.

–Tengo mucho que hacer –me contestó mi madre–. Además, el que se va a examinar mañana eres tú.

–¡Eso ya lo sé! Pero me consolaría un poco saber que, al menos, reconoces que son un rollo.

Mi madre se echó a reír, como si mis palabras le hubiesen hecho gracia; luego movió la cabeza y añadió:

–Para ti todo lo relacionado con el colegio es un rollo.

–Todo no. Hay algunas cosas que...

Pero mi madre no me dejó terminar.

–Cómete el bocadillo y a estudiar.

Cogí el bocadillo y lo miré desolado. Cuando iba a volver a protestar, mi madre ya había salido de la habitación. No obstante, grité:

–¡No me gusta el jamón serrano!

Reconozco que fue un fallo tremendo por mi parte. Esas cosas no pasan todos los días. Debería haber hecho una señal en el calendario, haberlo anotado en mi agenda escolar, o en un cuaderno, o en un simple papel...

Así, hoy sabría exactamente qué día comenzó todo.

Por mi mala cabeza, solo puedo hacer conjeturas. Casi estoy seguro de que fue hace dos meses justos, pero tal vez fue un poco antes o un poco después... ¡Qué rabia me da no haberlo apuntado!

Yo estaba asomado a la ventana de mi habitación con un bocadillo de jamón serrano. Como a mí no me gusta el jamón serrano, se me ocurrió una idea.

Caminé despacio hasta la puerta, saqué la cabeza al pasillo y, tras comprobar que mi madre no andaba por allí, salí sigilosamente y entré en la habitación de las mellizas.

Las mellizas son mis hermanas mayores. Una se llama Blanca y la otra Alba. Mi padre me explicó una vez que sus nombres significan lo mismo. Me dijo que había sido un capricho de mi madre y que, a pesar de que toda la familia se opuso, ella se empeñó y se salió con la suya.

Yo nunca sé quién es Blanca y quién es Alba. No sé distinguirlas. Encima, me gastan bromas y me confunden todavía más. Por eso he decidido llamarlas, simplemente, mellizas.

Las mellizas son idénticas. Tienen la cara redonda y colorada y están muy gordas. A ellas les encanta comer, incluso hasta el jamón serrano.

–Mellizas –les dije–, os regalo un bocata de jamón serrano.

–Ya nos hemos comido el nuestro –respondió una de ellas mirando de reojo el bocadillo.

–Pero no me negaréis que os apetece un poco más. Podéis partirlo por la mitad y...

–No, no... –respondió la otra–. Si mamá se da cuenta, nos castigará. Tendrás que comértelo tú solo, sin nuestra ayuda.

–Pero si es que a mí el jamón serrano se me hace una bola entre los dientes y no lo puedo tragar...

–Además –añadió la que había hablado primero–, si no comes, te quedarás canijo.

–Está bien –dije resignado–. Me lo comeré. Pero al menos dadle un mordisco cada una.

Se miraron un instante y aceptaron mi proposición.

–Bueno –dijeron simplemente.

Cuando abrieron la boca, yo empujé el bocadillo hacia adentro para que así los mordiscos fueran más grandes.

He intentado muchas veces hacer memoria. Trato de recordar todo lo que hice: en el colegio, en casa, con los amigos... Y aunque logro recordar muchas cosas, no consigo localizar el día exacto en que ocurrió.

A veces me he concentrado muchísimo. He cerrado los ojos y me he puesto a pensar. Pero lo único que aparece dentro de mi cabeza soy yo mismo, en la ventana de mi habitación, con un bocadillo mordido de jamón serrano.

Trataba una y otra vez de comerlo, pero la visión de la loncha rojiza me daba mucho asco. Por un momento pensé abrir la ventana y tirarlo, pero inmediatamente recapacité y se me ocurrió otra idea.

Volví a salir de mi habitación y volví a cruzar el pasillo, pero en vez de entrar en la habitación de las mellizas, lo hice en la de mis padres.

Jesús Jerónimo, que es mi hermano pequeño, duerme en la habitación de mis padres. También su nombre fue un capricho de mi madre, que se empeñó en ponerle un nombre largo. Dijo a todo el mundo que para nombre corto ya estaba el mío, y que deseaba uno largo y sonoro.

Hasta que le compren una cama, Jesús Jerónimo duerme en la habitación de mis padres, en la cuna. Luego, tendré que hacerle un sitio en mi habitación. Es muy pequeño. No sabe ni andar ni hablar. Se pasa el día babeando y haciendo pis. Parece un surtidor.

Me acerqué hasta él y pude comprobar que estaba despierto.

Al verme, comenzó a reírse y a hacer pedorretas con la boca. Mi madre dice que está echando los dientes y que por eso babea tanto. De vez en cuando le da una corteza de pan y Jesús Jerónimo empieza a chupetearla hasta que la deshace y se la traga. Es muy comilón. De seguir así, se pondrá tan gordo como las mellizas.

Cogí un trozo de pan de mi bocadillo y se lo acerqué. Lo cogió enseguida con ambas manos y empezó a chuparlo. ¡Y de qué manera! Con un poco de paciencia, sería capaz de comerse todo mi bocadillo.

Sin embargo, a los pocos minutos empezó a jugar con el pan. Ya no se lo llevaba a la boca y lo deshacía entre sus pequeños dedos. No podía consentirlo de ninguna manera, ya que mi madre, al ver las migas, lo descubriría todo. Con mucho cuidado, recogí todos los pedazos de pan humedecido y luego le arranqué el que sujetaba con sus manos.

¡La que organizó Jesús Jerónimo! Comenzó a berrear con todas sus fuerzas y, aunque lo intenté varias veces, no conseguí calmarle. Sus gritos se oían en toda la casa, por eso no tuve más remedio que salir corriendo y regresar a mi habitación.

Y allí me vuelvo a ver otra vez, junto a la ventana, mirando la calle, con un bocadillo de jamón serrano mordido y chupeteado entre mis manos.

A veces se lo pregunto a las mellizas:

–¿Vosotras recordáis qué día os dejé morder mi bocadillo de jamón serrano?

–Fue un jueves –responde una.

–No, yo creo que fue un lunes –responde la otra.

–Me refiero al día del mes –insisto.

–Pues... debió de ser el once o el doce –dice la una.

–No estoy de acuerdo. Debió de ser el tres o el cuatro.

Ni ellas mismas se ponen de acuerdo.

Desde la ventana de mi habitación oí una conversación que tenía lugar en el pasillo. Hablaban mi madre y Sabina.

Sabina es la empleada de hogar. Mi madre la llama «asistenta» y mi padre «chacha», pero ella me ha dicho a mí que no es ni asistenta ni chacha, que es empleada de hogar.

–Sabina, ¿le has dado a Jesús Jerónimo un trozo de pan? –le preguntaba mi madre.

–Sí..., sí, señora –titubeó Sabina–. Pensé que le dolían las encías y que así se le pasaría.

–Pues no vuelvas a hacerlo. ¿No ves que se podía haber ahogado con una miga?

–Descuide, señora. No volveré a hacerlo.

Al cabo de un rato, Sabina entró en mi habitación. Se acercó hasta mí y se quedó mirándome seriamente con los brazos en jarras.

–¿Te parece bien darle pan a Jesús Jerónimo? –me preguntó.

–Es que... no tengo hambre. Además, no me gusta el jamón serrano.

–La próxima vez no volveré a encubrirte –añadió–. Me he ganado una buena regañina por tu culpa.

–Perdóname, Sabina. No lo volveré a hacer.

Me pasó la mano por la cabeza, revolviéndome todo el pelo, y luego me dio un beso. La vi sonreír con dulzura y aproveché la ocasión.

–Anda, Sabina, da un mordisco a mi bocadillo. Solo uno. Te aseguro que el resto me lo como yo.

–¡Ay, qué chiquillo!

Y cuando Sabina abrió la boca, yo volví a empujar el bocadillo hacia adentro.

–¡Que me vas a ahogar! –gritó ella con la boca llena.

A veces he intentado convencerme de que no tiene importancia. Al fin y al cabo, qué más da un día u otro. Pero a pesar de convencerme a mí mismo, me fastidia mucho no acordarme. No lo puedo evitar.

Hay pocas cosas importantes, quiero decir realmente importantes, que te sucedan a lo largo de la vida. Yo he tenido la suerte de que, a pesar de que todavía soy pequeño, me haya sucedido una de esas cosas importantes. Y, claro, me irrita y me desespera haberme olvidado del día en que empezó todo. Creo que jamás me lo perdonaré.

Tal vez la emoción que sentí entonces y los nervios, porque todo el cuerpo me temblaba de nervios, me impidieron fijarme en un detalle tan simple como el día en que estábamos. Y es que parece como si algo misterioso hubiese ocurrido en mi casa, porque aunque todos recuerdan cosas de ese día, nadie sabe decirme de qué día en concreto se trataba. No lo saben las mellizas, ni mi madre, ni Sabina, ni siquiera mi padre.

Mi padre llegó poco después a mi habitación. Regresaba de trabajar y quería saber si estaba estudiando los temas para el examen del día siguiente. ¡Qué obsesión! A veces pienso que lo único que les interesa a mis padres es que apruebe los exámenes del cole. Y yo, la verdad, no tengo ningún interés en aprobarlos.

No me gusta estudiar. Cuando sea mayor quiero ser fontanero, como Riky, el novio de Sabina. Él me ha dicho que, cuando yo cumpla dieciséis años, me enseñará el oficio. Se gana mucho de fontanero. Riky se ha comprado una moto fenomenal. Es una Kawasaki que corre a más de doscientos por hora. Algunas veces, Riky y Sabina me dan una vuelta en la moto. Riky delante, Sabina detrás y yo en medio. Parecemos un bocadillo.

Mi padre me dijo:

–¿Todavía no te has comido el bocadillo?

–Ya me queda poco –le contesté, y le mostré el pedazo mordisqueado–. Hoy no tengo hambre. ¿Por qué no te comes tú lo que me queda?

Mi padre miró el trozo de bocadillo y preguntó:

–¿De qué es?

–De jamón serrano.

–Pero no se lo digas a tu madre.

–Será un secreto entre tú y yo.

Y mi padre, de dos bocados, se comió el resto del bocadillo. ¡Qué alivio sentí!

Sí, estoy seguro de que algo misterioso pasó en mi casa, algo que les impide recordar. Y no solo en mi casa, también en el colegio. Porque me he cansado de preguntar a todos los compañeros qué día tuvimos el examen de Lengua de los temas séptimo, octavo y noveno. Sería un dato que me llevaría con toda seguridad a la fecha exacta, ya que todo empezó un día antes de ese dichoso examen.

–No sé –responden unos.

–No me acuerdo –responden otros.

–Se me ha olvidado –responde la mayoría.

¿Será posible? Llegué a preguntar al profesor de Lengua.

–Profe, ¿qué día tuvimos el examen de los temas séptimo, octavo y noveno?

–¿El examen...? –me respondió él–. Esto..., pues..., verás... Debería saberlo, pero...

–¿Y no lo tiene apuntado en alguna parte?

–Sí, debería tenerlo. La verdad es que yo tenía una carpeta clasificadora donde guardaba los exámenes y apuntaba todas esas cosas, pero la he perdido. No sé dónde puede estar. La he buscado por todas partes y no la encuentro. Menos mal que las calificaciones ya las había pasado a las fichas.

–¡Qué fatalidad!

–Si tienes tanto interés en saberlo, te puedo decir que el examen fue aproximadamente el...

–Es que aproximadamente no me sirve. Necesito saber el día exacto.

–Pues no lo recuerdo. ¡Qué raro! Nunca había olvidado la fecha de un examen.

Todo era muy raro o, al menos, a mí me lo parecía.

Y todo comenzó a ser muy raro cuando una tarde, la víspera del examen de Lengua de los temas séptimo, octavo y noveno, yo me encontraba estudiando en mi habitación. Había empezado a tener sueño: la boca se me abría de vez en cuando y los párpados me pesaban como dos losas de piedra. De pronto, tuve la sensación de que algo se movía en el alféizar de la ventana y, claro, volví instintivamente la cabeza.

¡Y allí estaba!

Cuando lo vi por primera vez, acurrucado, con ese cartel tan grande colgándole del cuello, creo que los ojos se me abrieron tanto que debieron de parecer dos platos.

Me quedé paralizado, como si de pronto me hubiese convertido en una estatua de bronce. Durante varios minutos, creo que solo fui capaz de tragar saliva un montón de veces. Luego, mis piernas comenzaron a temblar, a pesar de lo cual fui capaz de dar un paso hacia atrás, eso sí, sin quitarle la vista de encima.

Mil ideas pasaron en un instante por mi cabeza. No sabía qué hacer. ¿Abrir la ventana y dejarle pasar? ¿Llamar a mis padres para que lo viesen? ¿Avisar a la policía? Estaba muy confuso, sobre todo porque no sabía qué era lo que de pronto había aparecido en mi ventana.

Dos meses después –aproximadamente, claro–, sigo sin saber por qué hice lo que hice. Es más, ya ha dejado de obsesionarme esta cuestión.

Y lo que hice fue acercarme a la ventana, abrirla muy despacio y observarlo. Creo que fue entonces cuando me fijé por primera vez en sus ojos. Tenía unos ojos grandes y oscuros, y su mirada, profunda como un pozo sin fondo, era tierna y suplicante.

Al cabo de un rato, lo invité a entrar con un leve gesto de mi mano. Él se incorporó despacio y, caminando torpemente, entró en mi habitación.

Fue entonces cuando leí lo que ponía en el cartel que colgaba de su cuello:

A quien me encuentre:
Soy un ejemplar único de mukusuluba.
No me meto con nadie,
no asusto, no grito, no huelo mal.
Soy tranquilo, pacífico y buen chico.
No tengo nombre, puedes llamarme
como quieras. Mi último dueño
tuvo que abandonarme por... por...
bueno, por algo que no viene al caso.

Firmado: SU ÚLTIMO DUEÑO

2

DESDE QUE EL MUKUSULUBA entró en mi habitación, hace aproximadamente dos meses, he intentado muchas veces ponerle un nombre. Aquella nota que colgaba de su cuello parecía invitar a ello. Todo el mundo tiene un nombre; ¿por qué no iba a tenerlo también un mukusuluba, que además era ejemplar único?

Busqué y rebusqué por todos los rincones de mi imaginación, pero en ningún momento encontré un nombre que me pareciese adecuado. Porque, claro, hay muchos nombres, pero yo necesitaba uno que le fuese bien a un mukusuluba. Y no es tan fácil. Un mukusuluba no puede llamarse Juan, o Pedro, o Luis... No, no, eso está claro. Pero... ¿cómo puede llamarse un mukusuluba?

Mi madre tiene mucha imaginación para los nombres. Mi padre siempre lo dice. Un día intenté sonsacarle:

–Mamá, dice papá que tienes mucha imaginación para los nombres.

–Sí, es verdad, aunque cuando tu padre dice eso lo hace con sorna.

–¿Con qué?

–Con sorna, para tomarme el pelo.

–¿Sorna significa tomar el pelo?

–A veces sí.

Dejé pasar unos instantes en silencio y luego volví a la carga.

–Pues... mi nombre no me gusta.

–¿Por qué?

–Porque es muy corto.

–Precisamente por eso te lo puse. Me dije: quiero un nombre corto, un nombre corto. Y enseguida se me ocurrió: ¡Gil!

–A mí no me gusta llamarme Gil. Además, en el colegio me llaman «tío Gilito».

–Tonterías. Si te llamases de otra forma, te sacarían otro mote. Los niños siempre estáis poniendo motes a todo el mundo.

–Si te gustaban los nombres cortos, no entiendo por qué a Jesús Jerónimo...

–Con él fue distinto. Cuando nació tu hermano me dije: quiero un nombre largo, un nombre largo. ¡Jesús Jerónimo! Fue como si se encendiese una lucecita en mi cabeza.

–Oye, mamá –y me dispuse a hacer la pregunta clave–, ¿cómo llamarías tú a un mukusuluba?

–¿A un mukusuluba?

–Sí.

–Hipólito.

–¿Hipólito? ¿Y por qué?

–No sé. Me parece un nombre bonito para un mukusuluba.

–Pues a mí no.

Por supuesto, no llamé Hipólito al mukusuluba.

El mismo día que el mukusuluba entró en mi habitación, descubrí que no hablaba ni emitía sonidos. Cuando se me pasó la impresión, intenté comunicarme con él. Una y otra vez le pregunté cosas, sin obtener respuesta alguna. Como era ejemplar único y no tenía a nadie con quien comunicarse, tal vez se hubiese olvidado de hablar.

Me dio pena del mukusuluba porque pensé que se encontraba muy solo en el mundo. Ser ejemplar único, más que un privilegio, yo creo que es un gran fastidio.

Acomodé al mukusuluba en el maletero de un armario empotrado que hay en mi habitación. Tuve que subirme a una silla para llegar hasta allí. Entre las maletas le hice un hueco y, como si me entendiese, le estuve hablando un buen rato:

–Aquí podrás estar sin que te descubran. Mi madre solo abre este maletero cuando salimos de viaje, y únicamente viajamos en vacaciones. No sé por qué hago esto por ti. A lo mejor no debería haberte dejado entrar en mi habitación. No te conozco de nada. Pero tienes mirada de buena persona y me das pena porque debes de sentirte muy solo en este mundo.

El mukusuluba parecía escucharme y, lo que me resultaba más sorprendente, parecía entenderme.

Me miraba con los ojos muy abiertos y yo notaba en él una atención especial, que no podría tener si no estuviese entendiendo todo lo que le decía.

–Yo me llamo Gil –continué–. Como verás, es un nombre muy corto. Se pronuncia antes de que te des cuenta. Cuando nací, a mi madre le gustaban los nombres cortos. Vivo en esta casa con mi familia, pero, si te digo la verdad, también me encuentro solo, como tú. Mis padres se hacen compañía entre sí. Tengo dos hermanas mayores que son mellizas. No hay forma de entrar en su mundo, hasta hablan de una manera que solo ellas entienden. También tengo un hermano pequeño, pero es demasiado pequeño, ni siquiera sabe hablar. Dejo de sentirme solo cuando estoy con Sabina, que es la empleada de hogar. Con ella lo paso fenomenal. Pero Sabina tiene novio y, claro, prefiere estar con él. Algunas veces me voy con los dos. Riky tiene una Kawasaki. Lo malo es que les gusta mucho ir a la discoteca y a mí no me dejan entrar allí porque soy pequeño. Tengo que quedarme en casa. Cuando sea mayor voy a ser fontanero, como Riky, y todas las tardes me iré a la discoteca. Oye, creo que tú y yo tenemos el mismo problema. Nos podemos hacer compañía, y a lo mejor hasta nos hacemos amigos.

Al día siguiente, cuando terminé de comer, caí en la cuenta de que el mukusuluba no había probado bocado desde que entró en mi habitación. Además, podía llevar mucho más tiempo sin comer. Por muy mukusuluba que fuese, tendría que alimentarse. Todos los seres vivos tienen que alimentarse para vivir.

Mientras mis padres tomaban café en el salón, me acerqué a la cocina en busca de Sabina.

–Sabina, necesito que me des algo de comida.

–¿Te has quedado con hambre?

–Sí.

–¡Qué raro!

–Tengo que comer más, porque si no en el colegio me empezarán a sonar las tripas en medio del examen de Lengua, los compañeros se reirán de mí, yo me pondré nervioso y no haré bien el examen. ¿Comprendes?

–Anda, no digas bobadas.

Tuve que esforzarme al máximo para convencer a Sabina, quien finalmente me dio un trozo de queso y una manzana. Antes de salir de la cocina, abrí la panera y arranqué un pedazo de pan de una barra.

–¡No pellizques el pan! –me gritó Sabina.

Entré en mi habitación y cerré la puerta. Luego encajé una silla entre el picaporte y el suelo, para que nadie pudiese entrar. La otra silla la arrimé al armario empotrado, me subí a ella y abrí el maletero.

–Te he traído algo de comida –le dije al mukusuluba–. Ahora debo marcharme al colegio. Esta tarde tengo un examen No te muevas de aquí.

Antes de salir de casa, por el pasillo, me encontré con Sabina.

–¿Por qué has cerrado la puerta de tu habitación? –me preguntó.

–Quería comer tranquilamente el queso y la manzana que me has dado –respondí con seguridad.

–¿De verdad?

–Así esta tarde no me sonarán las tripas.

Luego, Sabina cambió de conversación.

–Oye, Gil, me ha llamado Riky y me ha dicho que hoy termina pronto. ¿Te quieres venir con nosotros a dar una vuelta por ahí?

–¿En la Kawasaki?

–Sí.

–Eso no se pregunta. ¡Pues claro que quiero!

–Te iremos a buscar a la salida del colegio. Ya me encargo yo de decírselo a tu madre.

–¡Fantástico!

Di un salto tan grande que tiré un paragüero que hay en un rincón del pasillo.

–¿Quieres dejar de hacer el tonto?

–Es de alegría, Sabina.

A la salida del colegio me esperaban Sabina y Riky.

–¡Gilito! –me llamó Riky.

Si otro me hubiese llamado Gilito, le habría dado un puñetazo. Pero a Riky se lo consiento porque él no lo dice para reírse de mí. Lo dice porque le sale así.

Corrí hacia ellos, adelantándome a mis compañeros.

Riky permanecía subido a su Kawasaki, a pesar de que estaba parada, con su cazadora negra y sus pantalones ajustados. En una mano tenía el casco y en la otra unas gafas negras de cristales oscuros. Me fijé en su peinado, en ese flequillo tieso que le salía de la frente como una visera.

¿Cómo sería posible no despeinarse después de llevar el casco puesto? Tendría que preguntarle el secreto.

Sabina estaba a su lado. Todos se quedaron mirándola porque llevaba una minifalda muy ajustada. Estaba muy guapa. Mucho más guapa que en casa. Allí no se arregla tanto ni se pone minifalda.

–Hola, Sabina. Hola, Riky.

–¿Qué tal te ha salido el examen? –me preguntó Sabina.

–Bien –respondí, sin saber muy bien lo que decía.

–¡Vámonos, Gilito! –Riky giró la llave de contacto y la Kawasaki se puso en marcha.

Yo me coloqué tras Riky y a continuación se montó Sabina.

Mis compañeros se habían detenido y miraban embelesados. Oí a Germán decir algo de las piernas de Sabina.

La moto salió disparada como una centella. Yo me agarré a Riky y Sabina se agarró a mí. Imaginaba la cara que habrían puesto mis compañeros.

No sé por dónde fuimos, pero en unos minutos habíamos salido de la ciudad y nos encontrábamos circulando a toda velocidad por una carretera muy ancha y muy recta.

Al final, nos metimos por un camino de tierra y nos detuvimos junto a un riachuelo. Era un sitio muy bonito, lleno de árboles. Cerca había una especie de merendero, con un quiosco de bebidas abierto.

Nos sentamos en el suelo. Sabina sacó tres bocadillos de su bolso y los repartió.

–No tengo hambre –protesté, al ver que lo que contenía mi bocadillo era queso.

–Come, que si no te sonarán las tripas –me dijo Sabina lanzándome una indirecta.

Iba a decir que no me gustaba el queso, lo cual era cierto, pero las circunstancias aconsejaban callarse. Sin duda, Sabina había llevado esos bocadillos de queso para tratar de averiguar qué había hecho con el pedazo que me había dado después de comer.

–¿Te suenan las tripas, Gilito? –me preguntó de pronto Riky, con la boca llena.

–A veces –respondí.

–A mí también. Esta mañana, sin ir más lejos, comenzaron a sonarme mientras arreglaba unos desagües. Me sonaban tanto que pensé que el ruido procedía de las tuberías.

Sabina se echó a reír y se atragantó con un trozo de bocadillo. Acabó tosiendo y poniéndose colorada.

Riky se acercó hasta el quiosco de bebidas y compró dos cervezas y un refresco para mí.

–Oye, Riky –le dije–, ¿qué haces para que se te quede el flequillo tan tieso?

–¿Te gusta?

–Sí.

–Esto no se consigue así como así, Gilito. Hay que ponerse delante del espejo y trabajárselo.

–Pero no te despeinas ni con el casco.

–Es porque se echa gomina –intervino Sabina.

Me acerqué hasta la orilla del riachuelo para echar algunas migas del pan del bocadillo a los peces. Me pregunté si a los peces les gustaría el queso y, para comprobarlo, les eché también unos pedazos.

Pero en aquel riachuelo no debía de haber peces. Los trozos de pan y de queso se quedaron flotando.

Iba a volver con Sabina y Riky, pero me di cuenta de que se estaban dando un beso, así que tuve que esperar un rato, que aproveché para desmigajar y tirar al río lo que me quedaba del bocadillo.

Riky y Sabina me dejaron en el portal de mi casa y yo subí las escaleras pensando en algo que había comenzado a preocuparme. Era muy posible que al mukusuluba no le gustase el queso. Al fin y al cabo, a mí tampoco me gusta. Tenía que averiguar enseguida cuáles eran sus preferencias alimentarias, pues de lo contrario podía morirse de hambre.

Me encerré en mi habitación con el pretexto de estudiar y atranqué la puerta con una de las sillas. Rápidamente, coloqué la otra junto al armario y abrí el maletero.

Allí permanecía el mukusuluba, casi en la misma postura en que lo había dejado horas antes. Y, lo que era peor, allí permanecían también, intactos, el trozo de queso, la manzana y el pedazo de pan.

–No te gusta el queso, ¿verdad? –le dije–. No me extraña. A mí tampoco. Y, claro, debes de tener hambre. Llevas mucho tiempo sin probar bocado. Tendrás que esperar un poco hasta la hora de la cena. Ya falta poco. No sé cómo, pero te aseguro que algo te conseguiré, y espero que te guste.

Y de nuevo me pareció que el mukusuluba podía entender lo que le decía. No sé por qué. Quizá por la expresión de sus ojos, por una chispa que se encendió en ellos.

Nos sentamos a la mesa y enseguida adiviné cuál sería el primer plato. No tuve que pensar demasiado, ya que mi madre apareció con una humeante sopera entre las manos.

–¡Sopa! ¡Qué rica! –exclamaron a dúo las mellizas.

Son un caso las mellizas. Les gusta todo, absolutamente todo.

–¡Sopa! ¡Qué asco! –exclamé yo en voz baja para que no pudiesen oírme.

Además, sería dificilísimo poder llevar un plato de sopa al mukusuluba. Sería más que dificilísimo, sería... imposible.

El colmo fue que, después de la sopa, mi madre depositó en el centro de la mesa una fuente alargada llena de pescado rebozado. Con una paleta que colocó junto a la fuente, nos fuimos sirviendo todos.

–¡Pescadito! ¡Qué rico! –exclamaron las mellizas al tiempo que llenaban sus platos de rodajas de pescado rebozado.

–¡Peces! ¡Qué asco! –exclamé yo al tiempo que depositaba en mi plato la rodaja más pequeña que pude encontrar en la fuente.

Trataba de quitar las espinas al trozo de pescado que me había servido y pensaba que tal vez al mukusuluba le gustase el pescado. ¿Por qué no? A los gatos les encanta el pescado. A lo mejor el mukusuluba tenía algo de felino.

Servidos todos, quedaron unas cuantas rodajas en la fuente. Mi madre las guardaría en alguna tartera de plástico para que se conservasen hasta el día siguiente. Sería fácil localizarlas y coger alguna.

Las mellizas, sin embargo, parecían dispuestas a acabar con todo.

–¿Puedo comer un poco más de pescado? –preguntó la una.

–Yo también quiero más –aseguró la otra.

Algo tenía que hacer, y pronto.

–¡Gordas! –les grité.

–¡Gil! –me gritó mi padre a mí.

–¡Gil! –también me gritó mi madre.

–Vosotros mismos reconocéis que las mellizas están muy gordas –me dirigí a mis padres–. El otro día comentabais que tendría que verlas un médico para que adelgazasen un poco. Y, sin embargo, dejáis que coman y coman...

Se produjo un largo silencio.

–¡Gil tiene razón! –dijo al fin mi padre.

Y no se habló más. Mi madre retiró la fuente con las rodajas de pescado que habían sobrado.

Entonces sentí dos violentos golpes en mis pantorrillas. Por debajo de la mesa comenzaba la venganza de las mellizas. Sonreí para mis adentros y aguanté el dolor sin rechistar.

Mientras todos veían la televisión, me resultó fácil acercarme a la cocina, localizar la tartera en la que mi madre había puesto el pescado y coger un par de rodajas. Desde luego, si mi madre se daba cuenta de la merma del pescado, seguro que a mí no me echaba la culpa.

Sin perder un minuto, corrí hasta mi habitación, repetí las operaciones de las sillas y abrí el maletero.

–Te he traído un poco de pescado. Espero que te guste.

El mukusuluba me miró un instante y creí ver cómo se apagaba esa chispa que antes me había parecido descubrir en sus grandes ojos.

–Hasta mañana –me despedí–. Y ten cuidado con las espinas.

3

Lo primero que hice cuando me desperté por la mañana fue arrimar la silla al armario empotrado y subirme a ella de un salto. Abrí la puerta de madera del maletero y comprobé desilusionado que el mukusuluba no había probado el pescado.

Aunque me preocupó el hecho, no me extrañó, ya que me pareció normal que no le gustase el pescado. Cogí aquel par de rodajas, que ya se habían quedado secas, y pensé que tenía que tirarlas a la basura cuanto antes. Con ellas en la mano, salí al pasillo, me detuve y escuché con atención. Oí a mi madre decirle cosas a Jesús Jerónimo, lo que significaba que le estaría cambiando el pañal o dándole el biberón. Las mellizas estarían durmiendo todavía y Sabina no había llegado. Por tanto, sería fácil deshacerse del pescado.

Sin hacer ruido, me dirigí hasta la cocina y, cuando iba a franquear la puerta, me detuvo en seco una voz a mis espaldas:

–Buenos días, Gil –era mi madre.

Como no esperaba encontrarme a nadie, me asusté y el pescado se me cayó al suelo.

–¡Eh! –exclamé sobresaltado.

Y mi madre, claro, lo primero que vio fueron las dos rodajas de pescado por el suelo.

–¿Qué es eso? –me preguntó como si no supiese de qué se trataba.

–Pescado –respondí–. Del que sobró anoche. Es que tenía hambre y...

–¿Que tenías hambre y...? –siguió preguntando mi madre con un gesto muy extraño dibujado en su cara.

–... y pensaba comer un poco...

–¿Y pensabas comer un poco?

–Sí.

–¿De pescado?

–Sí.

–¿Estás enfermo, Gil?

–No, no.

Mi madre entró en la cocina porque tenía el biberón de Jesús Jerónimo calentándose al baño María.

–Pues si tienes tanta hambre, te puedo preparar...

–No, déjalo. Creo que ya se me ha pasado el hambre. Desayunaré lo de siempre.

Recogí las rodajas de pescado del suelo y las tiré al cubo de la basura. Luego, corrí hasta el baño para que las mellizas no se adelantasen y me tocase esperar una hora en la puerta.

Antes de marcharme al colegio, eché un último vistazo al mukusuluba.

–Desde luego –le dije–, no sé qué hacer contigo. Si al menos pudieses decirme cuál es tu comida favorita...

Cerré las puertas del maletero y me fui al colegio.

Durante el tiempo que duraron las clases no hice más que pensar en el mukusuluba. No podía apartarlo de mi mente. Siempre se me aparecía con esos ojos grandes y tristones, que me daban la sensación de estar suplicando comida.

Acabaron las clases de la mañana, regresé a casa, comí, volví al colegio, aguanté con resignación las clases de la tarde, volví de nuevo a casa... Y durante todo ese tiempo no cesé ni un segundo de pensar, pensar, pensar...

«Es lógico que no le guste el pescado –me decía–. También es lógico que no le guste el queso. Es más raro que no le guste una manzana, pero es posible. Lo más extraño es que no le guste el pan. Yo creo que el pan le gusta a todo el mundo. ¿Y por qué no se comió el pedazo de pan? Tal vez sea herbívoro. De ser así, tendré que llevarle un poco de lechuga y cosas por el estilo. Desde luego, algo tiene que comer. Aunque tratándose de un mukusuluba... No sé. Tal vez sea ejemplar único porque pertenezca a una clase de mukusulubas que no coman y, claro, todos se han ido muriendo de hambre. Pero no, creo que eso es un disparate...».

Al entrar en casa tenía una pregunta preparada para mi madre, pero ella fue más rápida y se adelantó:

–¿Te han dado ya la nota del examen de ayer? –me preguntó mientras me daba un beso.

–Sí.

–¿Y qué?

–Aprobado.

–Aprobado y gracias, como siempre.

Yo estaba encantado por haber sacado un aprobado, con lo rollo que eran esos tres temas de Lengua, pero a mi madre le debió de parecer poca cosa un aprobado. Aproveché la ocasión para explicarle las intenciones que tenía para el futuro.

–Yo no quiero estudiar, mamá. No me gusta. Cuando cumpla dieciséis años, Riky me enseñará el oficio de fontanero. Se gana mucho dinero. Me compraré una Kawasaki y una cazadora negra, me echaré gomina en el flequillo y...

–Sabina, haz el favor de decirle a tu novio que no diga tonterías a Gil –me interrumpió mi madre.

Sabina me miró y yo bajé la cabeza.

–No son tonterías, señora –dijo Sabina–. La fontanería es un buen oficio. A mí me gusta que Riky sea fontanero.

–¡Pero Gil no será fontanero! –sentenció mi madre.

Se produjo un momento de silencio. Sabina se agachó a recoger unas tazas de café que había sobre la mesita y yo me fijé en sus piernas.

–Sabina –le dije–, ¿por qué no te pones la minifalda en casa?

–¡Gil! –me gritó mi madre.

Iba a marcharme a mi habitación cuando me acordé de la pregunta.

–Oye, mamá, ¿qué crees tú que puede comer un mukusuluba?

–¿Hipólito?

–El nombre es lo de menos.

–Pues ayer lo que te preocupaba era el nombre.

–Eso era ayer.

–¡Flan! –dijo de pronto mi madre.

No era mala idea. Los flanes están riquísimos.

–Esta tarde me apetece flan para merendar –dije.

Entonces mi madre puso la voz ronca y la cara muy fea y dijo:

–¡Gil es un mukusuluba!

Y los dos nos reímos.

Con un apetecible flan sobre un plato, me encerré en mi habitación, tomando las precauciones de siempre. Antes comuniqué a todos mis intenciones de estudiar durante el resto de la tarde. Así nadie me molestaría.

Abrí el maletero del armario y bajé al mukusuluba. Aparté unos cuadernos que había sobre mi mesa de estudio y lo coloqué sobre ella. Sin darme cuenta, me quedé embelesado durante varios minutos contemplándolo con detenimiento, hasta que de pronto reaccioné.

–¡El flan!

Acerqué el flan a la mesa y lo coloqué justo al lado del mukusuluba.

–¿Qué me dices de esto? Míralo bien. No me negarás que tiene un aspecto magnífico. Te puedo asegurar que su sabor es más magnífico todavía. Lo digo por experiencia. Lo ha hecho Sabina, y a ella le salen los flanes muy ricos, más ricos que cuando los hace mi madre.

El mukusuluba miró un instante el flan y luego, muy despacio, volvió su cabeza hacia mí. Su mirada me pareció más triste que nunca.

–¿No te gusta el flan? –pregunté desolado.

Y entonces el mukusuluba movió su cabeza de un lado para otro, indicándome claramente con su gesto que no le gustaba el flan.

Yo sentí de pronto una emoción inmensa, pues además de descubrir que al mukusuluba no le gustaban los flanes, cosa hasta cierto punto normal, acababa de descubrir algo mucho más importante, algo... importantísimo: el mukusuluba era capaz de entenderme.

–¿Puedes entender lo que digo? –le pregunté para asegurarme.

Y su cabeza se movió despacio un par de veces de arriba abajo.

–Eso facilita mucho las cosas –continué eufórico.

Y luego comencé una retahíla de preguntas, encaminadas a descubrir algo que le gustase. Le pregunté por todos los alimentos que fui capaz de recordar, los que me gustaban y los que no me gustaban. Y a todas mis preguntas recibí idéntica respuesta: un movimiento de su cabeza de un lado para otro.

–Pero... ¿qué comes tú?

Entonces el mukusuluba, muy despacio, volvió sus grandes ojos hacia los cuadernos que había sobre la mesa y se quedó mirándolos.

–¿Qué pasa con mis cuadernos? –volví a preguntar, algo molesto.

El mukusuluba bajó la mirada, como si el tono de mis palabras le hubiese afectado.

Me volví a quedar un rato observándolo en silencio y luego, no sé muy bien por qué, cogí uno de los cuadernos y arranqué una hoja. Jugueteé con ella un rato, doblándola y desdoblándola varias veces, y finalmente la dejé caer justo a su lado.

Entonces sucedió algo realmente increíble: el mukusuluba cogió el papel y comenzó a comérselo. Al principio, muy despacio; pero a medida que lo engullía, sus mandíbulas, que por primera vez me parecieron grandes y robustas, se movían con mayor rapidez.

Cuando acabó con aquella hoja, sentí un gran alivio y una gran alegría. ¡Por fin sabía de qué se alimentaba el mukusuluba! Además, pensaba, iba a ser una gran ventaja que se alimentase de papel. Me sería mucho más fácil conseguirle papel que otro tipo de comida.

–¿Tienes más hambre? –le pregunté.

Su cabeza se movió para decir que sí de una manera rotunda.

Pensé que era lógico que tuviese hambre, ya que llevaba mucho tiempo sin comer. Arranqué otra hoja del cuaderno, y luego otra, y otra un poco después... Tenía que buscar otro tipo de papel, o iba a quedarme sin cuaderno.

Revolví un poco por mi cuarto y encontré unas hojas sueltas de un viejo tebeo de Mortadelo y Filemón y una caja de zapatos. Se lo acerqué todo al mukusuluba y noté cómo en sus ojos se encendía esa chispa que les daba un brillo especial.

En un momento se comió las hojas del tebeo y la caja de zapatos. Le pregunté después si seguía teniendo hambre y me volvió a responder que sí con unos movimientos inequívocos de su cabeza.

–¡Oye, estás hambriento!

Aquella noche, después de cenar, me lancé a la mesita baja del salón, donde mis padres suelen dejar los periódicos y las revistas.

–¿Son atrasadas? –pregunté a mi madre alzando dos revistas que había encontrado.

–¡No! –me respondió ella–. Son de esta semana. ¿Para qué las quieres?

–Para recortar algunas cosas.

–¡Ni se te ocurra! –me advirtió–. Todavía no he tenido tiempo de leerlas.

A mi madre le gusta mucho leer revistas y todas las semanas compra alguna. Me extrañó no ver ejemplares atrasados por ninguna parte.

–¿Y no tienes números atrasados que ya hayas leído? –le pregunté.

–Los atrasados se los lleva Sabina.

¡Qué fatalidad! ¡Con la cantidad de hojas que tienen las revistas! Tendría que hablar con Sabina para advertirle que no tirase las revistas después de leerlas.

Luego cogí un pequeño montón de periódicos y comencé a mirar las cabeceras, con objeto de descubrir la fecha.

–Los periódicos son atrasados –dije–. ¿Puedo llevármelos?

–Sí, sí... –respondió mi padre algo ajeno, más atento a la pantalla del televisor.

–El profesor de Lengua nos ha dicho que tenemos que comenzar a leer periódicos –añadí como justificación innecesaria.

–Sí, sí... –repitió mi padre–. Por cierto, déjame la hoja de deportes del lunes, que aún no he mirado la quiniela.

Busqué esa hoja y la arranqué con cuidado.

–Aquí tienes, papá –y se la dejé en uno de los brazos del sillón.

Mi padre no me respondió. Estaba embelesado con algo que ponían en la tele.

Ya en mi habitación, conté los periódicos. Eran cinco. Los sopesé un momento entre mis manos y me pareció una considerable cantidad de papel; desde luego, más que suficiente para calmar el hambre de cualquier mukusuluba.

Encaramado a la silla, abrí el maletero. Me pareció observar que los ojos del mukusuluba irradiaron auténtica felicidad al ver aquellos periódicos.

–Toma –le dije–. Te vas a poner las botas. Come despacio, no vayas a atragantarte con alguna noticia. Bueno, que aproveche. Yo debo volver al salón, con mi familia, pues de lo contrario van a empezar a sospechar que algo raro me pasa.

Cerré el maletero con cuidado, dejando dentro el paquete de periódicos, coloqué las sillas en su sitio y salí de mi habitación.

Cuando llegué al salón, todos miraban atentamente la televisión. Era un concurso donde participaba la gente y daban muchos premios. A veces yo lo había visto también y me había interesado. Sin embargo, en ese momento, aquel concurso me pareció una tontería.

No obstante, me senté dispuesto a verlo, pero a los pocos minutos me cansé.

–Desde ahora –le dije a mi padre–, cuando termines de leer el periódico, me lo das.

–Sí... –respondió él.

–No te preocupes por los resultados de la quiniela: yo te los recortaré todas las semanas para que no se te olvide mirarlos.

–Sí... –repitió él.

–Y si hay alguna otra cosa que te interese especialmente y que quieras guardar, pues me lo dices y yo...

–¡Mamá! –gritó una de las mellizas–. ¡Dile a Gil que se calle!

–¡No nos deja oír la tele! –gritó la otra melliza.

Mi madre, sin quitar la vista de la pantalla del televisor, me dijo:

–Gil, ¡cállate!

Yo, claro, me callé.

Intenté concentrarme en aquel concurso de la tele, pero no lo conseguí. Mi mente estaba demasiado ocupada en otras cosas que, por supuesto, me parecían mucho más importantes.

–Mamá –volví a hablar sin darme cuenta–, ¿tú crees que Sabina tirará las revistas atrasadas después de leerlas?

–No lo sé –me respondió mi madre sin perder detalle de lo que pasaba en el concurso.

–Es que, si no las tira, podrías decirle que me las trajera...

–Bueno.

–Y así yo recortaría algunas cosas y...

–¡Papá! –volvió a gritar una de las mellizas–. ¡Dile a Gil que se calle!

–¡No nos deja oír la tele! –volvió a gritar la otra melliza.

Y esta vez, claro, fue mi padre el que, sin quitar la vista de la tele, me dijo:

–Gil, ¡cállate!

Me quedé callado mientras duró el programa de la televisión, e incluso después. No volví a abrir la boca, ni siquiera para dar las buenas noches.

Sentado en una esquina del sofá del salón, frente al televisor y rodeado de mi familia, me sentí solo. Intuía, además, que mi soledad era mucho más grave que la que sentían otras personas, pues yo me sentí solo rodeado de gente, rodeado de la gente a la que más quiero en el mundo, de mi gente.

Sin embargo, por primera vez en mucho tiempo, no me importó demasiado. Yo tenía un amigo, un amigo secreto y bastante extraño, pero amigo al fin y al cabo. A él podría hablarle, contarle muchas cosas. Estaba seguro de que él siempre me escucharía con atención, me entendería y, además, me comprendería.

Cuando caí en la cuenta de todo esto, me marché del salón y me dirigí a mi habitación. Antes de entrar, me asomé a la de mis padres. Allí estaba Jesús Jerónimo durmiendo en su cuna. ¡Era tan pequeño!

Tal vez cuando se haga mayor podamos hablar él y yo, aunque estén poniendo un concurso por la tele.

Antes de acostarme, me asomé al maletero. No quedaba ni rastro de los cinco periódicos. El mukusuluba era auténticamente voraz.

4

En cuanto tuve ocasión, le pregunté a Sabina por las revistas atrasadas. Ella, aunque no entendía nada, siempre quiso ayudarme.

–Sabina, me ha dicho mi madre que te llevas las revistas atrasadas.

–Sí.

–Verás, es que me va a hacer falta papel para..., bueno, ya sabes..., para trabajos manuales del cole, para recortar cosas... ¿No podrías traerme esas revistas cuando las hayas leído?

–Sí, claro –respondió ella–. Lo que ocurre es que...

–¿Qué ocurre?

–Pues ocurre que cuando yo termino de leerlas se las paso a Riky, para que las lea su hermana Pepa.

Eso complicaba mucho las cosas. En ese instante pasaron unas imágenes por mi mente en las que veía cómo un gran paquete de revistas se alejaba de mí.

–Bueno... No importa –comenté resignado–. Ya buscaré por otro sitio.

–Si quieres –continuó Sabina–, le digo a Riky que le diga a Pepa que cuando termine de leerlas me las devuelva.

–¡Me harías un gran favor! –exclamé con alegría.

–Pues está hecho.

Y otras imágenes volvieron a pasar por mi mente. A diferencia de las anteriores, en ellas veía cómo un gran paquete de revistas se acercaba a mí.

–Tú sí que eres comprensiva –le dije a Sabina de pronto.

–¿Y qué tipo de trabajo vas a hacer con esas revistas? Te advierto que son todas de cotilleos y cosas por el estilo.

–Pues..., pues... –me encontraba en un verdadero apuro.

Menos mal que, de pronto, Sabina se fijó en mi camisa y cambió de conversación.

–¡Qué mancha te has hecho en la camisa! Anda, quítatela enseguida, que voy a poner la lavadora.

–¡Ahora mismo!

Después de buscar una camisa limpia entre la ropa que había en mi armario, me propuse dar un repaso a mi habitación. Estaba seguro de que tenía que haber mucho papel, pero papel del que no sirve para nada, del que se puede tirar tranquilamente a la papelera.

Revisé el armario de arriba abajo, incluyendo cajones, maletero y maletas. Revisé también mi mesa de escritorio y mi estantería. Miré debajo de la cama, detrás de la puerta, dentro de la mesilla de noche, entre las cortinas...

Encontré algunas cosas: cuatro fascículos de aviones que mi padre comenzó a coleccionar y que, como se cansó enseguida, me dio por si me servían para algo; algunos suplementos de periódicos atrasados que yo había guardado por alguna cosa que me pareció interesante; cuadernos viejos con las puntas enrolladas hacia adentro; tebeos rotos de cuando era pequeño; algunos pósteres que habían adornado tiempo atrás mi habitación, hasta que mis padres la pintaron y me prohibieron clavar cosas en las paredes; una bolsa llena de propaganda de cuando fui con el colegio a la Feria del Libro...

Amontoné todos aquellos papeles sobre mi mesa y pensé que vistos así, en conjunto, no eran gran cosa. Conociendo ya la voracidad del mukusuluba, estaba seguro de que todo aquello no sería más que un aperitivo para él.

Con cuidado, subí todos los papeles al maletero del armario y cerré la puerta, pues no quería ver cómo en unos minutos habían desaparecido, engullidos por aquellas incansables mandíbulas.

Me tumbé sobre la cama y me quedé contemplando la estantería, que justamente estaba frente a mí, encima de la mesa de escritorio. Allí estaban mis libros favoritos, es decir, mis libros. Los libros que había leído y que me habían entusiasmado por una causa o por otra, los libros que había pedido a mis padres por mi cumpleaños o que yo mismo me había ido comprando cuando algún dinerillo había caído en mis manos.

A aquella estantería no tenía el honor de ascender ningún libro de texto; ellos ocupaban otros lugares en mi habitación, por supuesto, menos importantes. Algunos títulos habían ocupado un lugar en ella, pero con el tiempo lo habían perdido porque habían dejado de gustarme; con otros había sucedido todo lo contrario.

Por un momento se me pasó por la cabeza la idea de revisar todos aquellos libros. Podía haber alguno menos interesante, o más aburrido, o más de niños pequeños...

Me levanté de un salto de la cama y me acerqué a la estantería, pero al ver mi colección de Astérix, que sobresalía por su tamaño del resto, me detuve en seco. Pero... ¿qué iba a hacer? ¿Acaso me había vuelto loco de remate? ¡Mis libros no! En todo caso, los libros de texto, pero... ¡mis libros no!

Iba a salir de la habitación, pero antes quise comprobar si un negro presagio se había convertido en realidad. Subido a la silla, abrí el maletero del armario y...

–¡Pero bueno! –exclamé.

No quedaba ni rastro de todo el papel que solo unos minutos antes le había subido. En los ojos del mukusuluba brillaba esa chispa que, según había observado, significaba que se encontraba feliz. Pensé que con tal atracón se le habría pasado el hambre y tal vez ahora estuviese una larga temporada sin comer. A los camellos les ocurre algo parecido.

–¿Te has quedado harto? –le pregunté, seguro de que su respuesta iba a ser un rotundo sí.

Pero, en contra de lo que esperaba, su cabeza se movió de un lado a otro, respondiéndome claramente que no.

No podía dar crédito a lo que mis ojos veían; por eso insistí:

–¿Sigues teniendo hambre?

Y esta vez el movimiento fue de arriba abajo.

Desolado, salí de mi habitación y cerré la puerta. No sabía qué hacer. No sabía ni siquiera por qué había salido. Comencé a caminar por el pasillo, para un lado y para otro.

Estaba obsesionado y me sentía nervioso. Obsesionado porque la idea de conseguir papel se me había metido en la cabeza y ocupaba casi todo mi pensamiento, y nervioso porque de pronto había descubierto que conseguir papel era algo más difícil de lo que había supuesto, o, por lo menos, conseguirlo en las cantidades necesarias para satisfacer el apetito insaciable del mukusuluba.

De pronto, como una exhalación, entré en el cuarto de las mellizas. No estaban. Oía el sonido de la televisión en el salón, lo que quería decir que estarían viendo algún programa. Mejor. Eso me facilitaría las cosas.

Lo primero que hice fue abrir su armario y coger tres cajas de zapatos vacías que encontré. Bueno, una no estaba vacía, estaba llena de postales. Las miré por el dorso y comprobé que estaban todas escritas y mataselladas, por lo que deduje que no servían para nada. Revisé sus cuadernos y arranqué unas cuantas hojas en blanco de cada uno. Por suerte, su papelera estaba casi llena, ocupada en su mayor parte por un enorme papel de envolver de una tienda del barrio. Lo recogí todo y, corriendo, volví a mi habitación. Levanté la colcha y lo escondí debajo de la cama.

Pasé el resto de la tarde ocupado en la que denominé «operación caza de papel». Había decidido empachar como fuese al mukusuluba. Si tanta hambre tenía, se iba a enterar: le iba a proporcionar papel hasta que le saliese por las orejas.

Rebusqué por todos los rincones de la casa, aprovechando siempre la situación más favorable. Si mi madre estaba dando de comer a Jesús Jerónimo y las mellizas veían la tele en el salón, pues yo aprovechaba para fisgar por la habitación de

mis hermanas y por la de mis padres. Si las mellizas se iban a su habitación y mi madre trataba de dormir a Jesús Jerónimo, pues yo revisaba el salón de arriba abajo.

En la habitación de mis padres no encontré nada. Un cajón de la cómoda estaba lleno de papeles, unos sueltos y otros metidos en carpetas, pero me parecieron todos importantes y no me atreví a tocarlos.

En el salón encontré un libro de crucigramas casi terminado y algunos papeles de esos de propaganda que se echan al buzón. Además, hojeé las revistas de mi madre y arranqué las hojas que solo traían publicidad. También hojeé el periódico y me quedé con las páginas de cultura, pues me había dado cuenta de que mi padre siempre pasaba esas hojas muy deprisa, sin mirarlas siquiera.

La cocina y el cuarto de baño tampoco se libraron de mi inspección. En la cocina encontré algunos envoltorios de carne y pescado en el cubo de la basura, y ese libro tan gordo con recetas de cocina que mi madre guardaba en un cajón. Miré el libro con detenimiento y pensé que estaba hecho un asco, todo sucio y viejo, con las manchas propias de hacer la comida con él a mano. Pensé:

«Mi madre se sabe todas esas recetas de memoria. Seguro que ni lo echa en falta. Además, un libro de cocina tiene que tener más alimento que otro tipo de papel».

En el cuarto de baño, ni que decir tiene, lo que encontré fue un rollo de papel higiénico recién estrenado. No lo dudé un momento: lo saqué del portarrollos y me lo llevé.

Poco antes de la cena, inspeccioné todas las cosas que había bajo mi cama. No podía quejarme. El hueco estaba prácticamente lleno, y si los envoltorios de la carne y el pescado olían francamente mal, me consolé pensando que ese tipo de papel, por fuerza, tenía que resultarle más nutritivo al mukusuluba.

Pensé subirme a la silla y meterlos de cualquier manera en el maletero, pero al instante me pareció más oportuno esperar hasta la noche. Le subiría todo ese papel antes de acostarme. Tal vez el mukusuluba fuese un glotón que comía sin tener verdaderas ganas de comer. Si era así, sería conveniente ir educándolo poco a poco y acostumbrarlo a comer tres veces al día, como hace todo el mundo, o por lo menos las personas civilizadas.

Tuvo que llamar mi madre a la puerta para avisarme de que era la hora de cenar.

–¡Gil! –me dijo después de golpear varias veces la puerta con sus nudillos–. ¿Se puede saber por qué cierras la puerta de tu habitación?

–¡Ya voy, mamá!

–¡Está atrancada! –continuó ella–. ¿Se puede saber con qué has atrancado la puerta?

–¡Voy corriendo!

–¿Se puede saber por qué...?

Retiré la silla que sujetaba la puerta y abrí de golpe. Mi madre, que aún forcejeaba con el picaporte, se abalanzó hacia el interior y estuvo a punto de caer sobre mí.

–¡Me lavo las manos y me siento enseguida a la mesa! –dije yo, sin darle tiempo a reaccionar.

–¿Se puede sa...?

–¡Antes de que cuentes diez ya me he sentado! –y la esquivé por un lado.

–¿Se pue...?

–¿Qué hay para cenar? –pregunté al tiempo que entraba en el cuarto de baño.

Mi madre debió de mover la cabeza un par de veces y luego miraría hacia arriba y levantaría los brazos, como si esperase que algo cayese del cielo o del piso de arriba. Siempre lo hace.

–Sopa y tortilla –respondió.

–Se ha terminado el papel higiénico –dije cuando salí del cuarto de baño.

Yo pensé que todo el papel que había ido recogiendo y escondiendo para el mukusuluba era inservible, inútil, o al menos de ese tipo de papel sin importancia que nadie echa en falta.

Con toda la familia alrededor de la mesa, ante unos humeantes platos de sopa, comenzaron las primeras complicaciones. Fue mi madre quien sacó el tema.

–Esta misma tarde he colocado un rollo de papel higiénico nuevo en el cuarto de baño –dijo–. ¡Y ya ha desaparecido!

Acerqué mi cara al plato de sopa, hasta sentir el vapor cálido y húmedo. Observaba cómo los fideos se movían al compás de mi cuchara.

–Yo no he sido –dijo una melliza al tiempo que sorbía una cucharada de sopa.

–Yo tampoco –dijo la otra melliza de igual manera.

Sin mover la cabeza, me apresuré a justificarme.

–Yo no he tenido necesidad de utilizar el papel higiénico en toda la tarde, solo me lavé las manos

–dije, y me di cuenta de que en realidad no había mentido.

–¡Pues el papel higiénico ha desaparecido!

Entonces mi padre alzó la cabeza muy serio, con la cuchara detenida en su mano inmóvil, a medio camino entre el plato y su boca.

–¡Estamos cenando! –dijo–. ¿No podéis hablar de otra cosa?

–Tienes razón –asintió mi madre.

Y se produjo un largo silencio, solo roto por un ruido de cubiertos y algún sorbido ocasional.

El programa de la televisión no suscitó demasiado interés. Mi padre, sentado en su butaca, comenzó a hojear el periódico y las mellizas se enfrascaron en la lectura de las revistas de mi madre. Ante semejante panorama, tomé una súbita decisión.

–Te ayudo a quitar la mesa –le dije a mi madre.

–¡Aprended de Gil! –espetó mi madre a las mellizas, que ni siquiera se inmutaron.

En un momento dejamos todo recogido y limpio. Mientras mi madre fregaba los platos y los cubiertos, yo los iba secando y colocando en su sitio.

Al ver un biberón de Jesús Jerónimo junto al fregadero, hice un comentario.

–Estoy deseando que Jesús Jerónimo se haga mayor.

–¿Para qué? –me preguntó mi madre sin dejar de fregar.

–Para hablar con él. Tú tienes a papá y papá te tiene a ti. Las mellizas se tienen entre sí. Pero yo estoy solo y...

–Tú nos tienes a todos –me cortó mi madre–. Somos una familia. Todos nos hacemos compañía.

Aunque estaba seguro de que éramos una familia, no lo estaba tanto de que nos hiciésemos compañía. Al cabo de un rato, y después de reflexionar sobre varias cuestiones que habían pasado por mi cabeza, volví a hacer un comentario.

–¿Sabes, mamá...? Si Sabina no tuviese a Riky, a mí me gustaría ser su novio.

–No empecemos.

–A lo mejor algún día regañan y dejan de ser novios; entonces se lo diré a Sabina. Claro, que no me gustaría que regañasen.

Mi madre movió la cabeza de un lado a otro un par de veces, y ese movimiento me recordó al mukusuluba diciendo que no y que no.

Al regresar al salón, el panorama se había complicado mucho. Mi padre alzó el periódico entre sus manos y dijo:

–¡Faltan hojas! Gil, ¿me quieres explicar por qué faltan hojas?

–Son las de cultura –traté de justificarme–. Como nunca las lees...

Y antes de que creciese la indignación de mi padre, las mellizas se lanzaron a la carga sin compasión, mostrando a mi madre hojas sueltas, desprendidas, de las revistas.

–En las revistas también faltan hojas –dijeron a dúo.

–Solo he arrancado las de publicidad –volví a justificarme.

Y de pronto me pareció tonto seguir justificándome, así que acepté mi responsabilidad y aguanté una reprimenda fenomenal.

Cuando regresaba a mi habitación por el pasillo, con ánimo de meterme en la cama y dormir hasta el día siguiente sin pensar en nada, me detuve frente a la puerta del dormitorio de mis padres y miré a Jesús Jerónimo, que dormía feliz, ajeno a todo.

Me llamó la atención una gran bolsa de pañales que había junto a su cuna. Creí recordar algo que cierta vez había leído en aquella bolsa y me acerqué de puntillas para comprobarlo.

Cogí la bolsa, la acerqué hacia la luz que entraba por la puerta entreabierta y leí: «Pañales de celulosa».

Luego, volví a dejar la bolsa en su sitio, pero antes había cogido tres pañales, que escondí debajo de mi camiseta.

Sujetándolos con el antebrazo, atravesé el pasillo y entré en mi habitación.

Antes de acostarme, subí al maletero todo lo que con tanto esfuerzo había conseguido para el mukusuluba, incluidos los tres pañales de celulosa de Jesús Jerónimo.

–Come despacio –le dije–. Comer deprisa es de mala educación.

5

A LA MAÑANA SIGUIENTE, lo primero que hice fue encaramarme al maletero para ver lo que había comido el mukusuluba.

Lo descubrí en la misma postura y en el mismo sitio donde lo había dejado la noche anterior. Iba a darle los buenos días, pero un vistazo a su alrededor me lo impidió: ¡no había ni rastro de papel!

–¡Te lo has comido todo! –exclamé indignado.

Y él movió la cabeza de arriba abajo, indicándome que sí.

El musukuluba era realmente un ser insaciable, que siempre estaba hambriento, por el día y por la noche.

–¿Sigues teniendo hambre? –pregunté, con la vana esperanza de que me respondiese que ya estaba harto.

Pero su cabeza volvió a moverse de arriba abajo.

No sé por qué, pero me enfadé con él y le dije malhumorado que no le llevaría papel en todo el día. Entonces noté que la chispa misteriosa que brillaba en sus ojos comenzaba a apagarse poco a poco, como una linterna a la que se le acaban las pilas, y yo sentí una congoja extraña que me arrugaba el estómago y me encogía el corazón.

–Está bien –acabé diciendo–. Buscaré algo.

Y desde aquel momento, encontrar papel se convirtió en una obsesión para mí. La alegría que inicialmente había sentido al descubrir que el mukusuluba se alimentaba de papel, pronto se convirtió en una inquietud que crecía por momentos.

Sabina comenzó a llevarme revistas atrasadas, es verdad, y mi padre me daba el periódico una vez que lo había leído. Yo, por mi parte, rastreaba toda la casa en busca de papeles viejos, inservibles. Y no solo mi casa. En el colegio descubrí un buen filón: las papeleras, los cuadernos viejos de mis compañeros, antiguos trabajos ya puntuados, folios que habían servido como borrador...

De quienes no pude obtener absolutamente nada fue de las mellizas. Ellas descubrieron enseguida que del armario de su habitación faltaban tres cajas de zapatos. Y si a la desaparición de dos de ellas no le dieron importancia, con la tercera organizaron un auténtico drama.

–¡Nuestra colección de postales! –gritaban histéricas–. ¡Nuestra colección de postales!

–Estaban todas escritas y mataselladas –respondía yo–. Ya no podían volver a utilizarse. No servían para nada. Por eso las cogí.

–¡Nuestra colección de postales! –y no había forma de conseguir que dijesen otra cosa.

Tuve que pedirles perdón varias veces: a solas, delante de mis padres, de nuevo a solas, delante de Sabina, por tercera vez a solas... La verdad es que estaba sinceramente arrepentido de haber cogido esa caja de zapatos llena de postales. Ya lo creo que lo estaba.

Todas las noches, como un rito, antes de acostarme, me encaramaba al maletero y entregaba al mukusuluba el papel que había conseguido durante el día.

Aprovechaba el momento para charlar un poco con él. Más que de una charla se trataba de un monólogo, pues él, claro, nunca me respondía. Pero yo tenía la certeza de que me escuchaba y de que también me entendía.

A pesar de mis esfuerzos, cada día conseguía menos papel. Era algo que no podía evitar. Sabina me había entregado ya todas las revistas atrasadas que tenía, y en mi casa, en el colegio e incluso por la calle el papel disminuía de forma alarmante.

–Lo siento –tenía que reconocer cada noche–. Es todo lo que he encontrado. Sí, ya sé que es poco, menos que ayer, pero te aseguro que he buscado por todas partes y...

Un día en que lo único que encontré fueron dos folios arrugados en una papelera y el envoltorio de una pastilla de jabón de tocador, la situación comenzó a ser angustiosa.

–Tendrás que conformarte con esto –le dije.

Y la chispa de sus ojos, al momento, se extinguió. Eso significaba, según había podido comprobar, que el mukusuluba sentía una gran tristeza, y quién sabe si marcaba el comienzo de una agonía prolongada.

No podía consentirlo. Tenía que hacer algo; es decir, tenía que volver a hacer algo. Paseé de un lado a otro de mi habitación y finalmente, sin saber por qué, terminé parado frente a la estantería. Miré los libros, mis libros, repasándolos de uno en uno con la mirada y deteniéndome especialmente en mi colección de Astérix. «¡Mis libros no!», pensé. Pero mi pensamiento fue mucho más débil que la primera vez y, por eso, alargué el brazo y cogí un par de ellos. Eran libros de cuando era un poco más pequeño, aunque todavía seguían gustándome. Los había leído un montón de veces y casi me los sabía de memoria. Por eso los elegí. Sujetándolos entre mis dedos, les eché un último vistazo, un vistazo que en realidad era una sentida despedida, y los subí al maletero.

–Toma –le dije al mukusuluba con mal humor–. Y que te aprovechen.

Los días que siguieron fueron muy penosos para mí. De no ser por lo que sucedió más adelante, podría asegurar que fueron los días más tristes de mi vida.

Cada tarde regresaba desolado del colegio. Siempre traía algo para el mukusuluba, papeles que había encontrado por ahí. Pero era consciente de que la cantidad de papel que conseguía era insuficiente para calmar su hambre.

Por eso, antes de acostarme, cada noche me acercaba a mi estantería y cogía con gran pena dos o tres libros, que depositaba en el maletero.

Los libros que más me gustaban los iba dejando para el final, con la esperanza de encontrar un remedio antes. Eso sí, había decidido que mi colección de Astérix sería intocable.

«¡Los Astérix no!», me repetía una y otra vez.

Y los libros fueron desapareciendo poco a poco de la estantería. Entrañables amigos, como el pequeño Nicolás, como Vania el forzudo, como Konrad, como Saltodemata, como los batautos, como Elvis, como el abuelo Virilo y la abuelita Opalina, como Atreyu, como Timo, como Feral, como Lavinia..., fueron triturados sin piedad por las incansables y robustas mandíbulas del mukusuluba.

Angustiado, imaginaba el estómago del mukusuluba. Un estómago como un pozo sin fondo, como un pozo oscuro e interminable, donde millones de letras se diluían en un enorme lago de tinta.

«¡Los Astérix no!».

Y si la situación era de por sí difícil, se vino a complicar una tarde cuando mi madre, sin decir nada a nadie, comenzó a buscar por todas partes. Primero revisó la cocina de arriba abajo, abriendo y cerrando puertas y cajones, mirando entre las cacerolas y los platos, moviendo las sartenes y las fuentes, registrando el horno y el frigorífico... Después de la cocina, repitió la misma operación en el salón y, por último, en su dormitorio. Finalmente, se colocó de pie en medio del salón, con los brazos en jarras, y nos dijo:

–¿Se puede saber quién ha cogido mi libro de cocina?

En ese momento deseé que la tierra se abriese bajo mis pies y que me tragase sin piedad.

Las mellizas se miraron fugazmente y respondieron a dúo:

–¡Nosotras no!

Mi padre, que dormitaba sobre su butaca, se espabiló y se incorporó un poco.

–¿Qué ocurre? –preguntó.

–Ha desaparecido mi libro de cocina –añadió mi madre con firmeza.

Me puse tan nervioso que no fui capaz de inventarme alguna mentira y reconocí mi responsabilidad en aquella desaparición.

–Estaba tan viejo... –trataba de justificarme–. Tenía tantas manchas de grasa...

–¿Qué hiciste con él? –se impacientó mi madre.

–No me acuerdo bien... Creo que... lo miré y... recorté alguna cosa.

–¿Y dónde están esos recortes? ¿Y dónde está lo que queda del libro?

–Estaba tan sucio, tan estropeado... que lo tiré a la basura.

Me dio mucha rabia tener que decir una mentira así, porque solo unos días antes me había propuesto no volver a decir mentiras. Pero... ¿cómo decir la verdad? Seguro que toda mi familia reaccionaría contra el mukusuluba y lo echarían de cualquier manera. Y yo me quedaría solo, sin nadie a quien poder contar mis cosas. Solo por eso mentí.

Me gané una bronca fenomenal y un castigo que debería durar varios días.

Aquella misma noche, encerrado en mi habitación, castigado sin ver la tele, le daba vueltas a mi cabeza mientras contemplaba cómo mi colección de Astérix se iba quedando sola en la estantería.

«Pronto se darán cuenta –pensaba–. Se fijarán en la estantería y me preguntarán por los libros que faltan. No podré decirles que los he tirado a la basura. No se lo creerían. Algo tendré que inventarme, algo que sea muy convincente».

Y aquella estantería de madera medio vacía, de pronto, me dio la gran idea. Yo había estudiado en algún libro de texto que el papel se sacaba de la madera. Recordaba que el profesor nos estuvo explicando todo el proceso. Y si eso era cierto, que tenía que serlo, acababa de descubrir un nuevo alimento para el mukusuluba: la madera.

Era urgente comprobar si mis suposiciones eran acertadas; para ello tenía que encontrar un pedazo de madera y dárselo al mukusuluba. Me dirigí al armario y lo abrí de par en par. En algún rincón tenía que haber algunas tablas, las que me habían sobrado de uno de los trabajos manuales del curso pasado, cuando tuve que construir una lámpara con madera y cuerda de bramante. Después de mucho buscar, encontré una bolsa de plástico que se había colado por un pequeño hueco que quedaba entre los cajones del armario y el fondo. Y dentro de la bolsa de plástico encontré numerosos recortes de madera.

Con uno de esos recortes en la mano, me encaramé al maletero.

–Mira lo que te traigo –le dije al mukusuluba mostrándole la tablita–. Es madera. ¡Madera! ¿Te dice algo esa palabra? No me preguntes cómo, pero te aseguro que de la madera se saca el papel. Y si te gusta el papel, tendrá que gustarte también la madera. Es una madera blanda, yo mismo la corté con la segueta. Creo que podrás masticarla con facilidad. Anda, pruébala, debe de estar muy rica.

Le acerqué la tablita a su boca y él la engulló de un solo bocado. Mientras sus mandíbulas se movían, oía los crujidos de la madera machacada.

Aquella noche me sentí feliz. Antes de meterme en la cama, subí al maletero todos los recortes de madera que había en la bolsa de plástico. A partir de ese momento me iba a ser mucho más fácil conseguir comida para el mukusuluba. Además, pensaba que un trozo de madera tenía que alimentarle más que un montón de papel, con lo cual podía lograr que en algún momento quedase completamente harto y satisfecho.

Al día siguiente continuaba feliz. No podía evitarlo. Pensé mostrarme serio, sobre todo teniendo en cuenta la bronca de la tarde anterior, pero no lo conseguí.

Al levantarme, había descubierto que el mukusuluba había acabado con todos los recortes de madera, y eso me llenaba de gozo. Imaginaba que conseguir madera iba a ser mucho más fácil que conseguir papel. Iría a la carpintería de Balta y le pediría todos los recortes de madera que no le hiciesen falta, y además...

–Pareces muy contento hoy –me dijo Sabina por la mañana.

–Lo estoy.

–¿Y puede saberse por qué?

–Es un secreto.

Sabina preparaba los desayunos mientras mi madre atendía a Jesús Jerónimo.

–Mañana te traeré otra revista atrasada –me dijo.

–Oye, Sabina –le dije de pronto–. Si tienes alguna silla vieja que pienses tirar a la basura, pues no la tires.

–¿Por qué?

–Me la traes a mí.

–¿A ti? ¿Una silla vieja? ¿Y para qué?

–Ya te lo explicaré algún día. Tú debes confiar en mí y traérmela, pero procura que nadie te vea. ¿Entiendes?

–No, no entiendo. De todas formas, no tengo ninguna silla vieja.

–Me sirve cualquier cosa de madera: una cómoda, un armario, un baúl...

Entraron las mellizas en la cocina y cambié de conversación.

–La tostada está riquísima.

–¿Quieres más mermelada? –Sabina me siguió el juego. Ella sí que es una verdadera amiga. Si no fuese por Riky, yo... le diría...

Cuando se marcharon las mellizas me preguntó:

–¿Te vienes esta tarde a dar un paseo?

–¿Con Riky?

–Sí, claro. Podemos ir a ese riachuelo. ¿Te acuerdas? Nos tomamos algo y volvemos.

Todos los árboles que había en aquel lugar se me aparecieron de pronto en algún rincón de mi mente.

Cuando iba a marcharme ya al colegio, Sabina me alcanzó en el pasillo.

–Vamos a buscarte a la salida –me dijo.

–De acuerdo.

–Se lo comento a tu madre y...

–¡No hace falta! –añadí apresuradamente–. Ya se lo he comentado yo y ha dicho que me deja ir.

Tuve que mentir una vez más. Sabía que si le pedía permiso a mi madre en ese momento para ir con Sabina y Riky me lo denegaría, pues aún

estaba reciente su enfado por lo del libro de cocina. Sin embargo, por la tarde era muy probable que se le hubiese olvidado todo.

Sabina, Riky y yo fuimos a aquel riachuelo en la Kawasaki. Nos sentamos en la orilla y Riky comenzó a tirar piedras al agua.

–Gilito –me dijo al cabo de un rato–, dice Sabina que quieres cosas de madera.

–Sí –respondí.

–¿Prefieres ser carpintero mejor que fontanero?

–No es eso.

–La carpintería también es un buen oficio, pero yo no podré enseñártelo.

–La madera es para otra cosa. Yo sigo queriendo ser fontanero.

–¡Ah, bueno!

Les dije que me iba a dar una vuelta y me alejé un poco de ellos, en dirección al lugar donde el arbolado se espesaba más.

Era el momento con el que había estado soñando todo el día. Como imaginaba, había muchas ramas por el suelo, más de las que podríamos llevar en la Kawasaki. Comencé a coger las que me parecieron mejores y las fui amontonando. Cuando me quise dar cuenta, había formado un montón que me llegaba por la cintura. Tenía las manos llenas de arañazos y los zapatos manchados de tierra.

De pronto, una voz me sobresaltó:

–Pero ¿qué haces, Gilito? –Sabina y Riky estaban detrás de mí.

–¡Me habéis asustado! Solo estaba recogiendo un poco de madera.

–¡Y dale con la madera! –dijo Sabina–. ¡Qué obsesión le ha entrado!

Después de mucho insistir, convencí a Riky para llevar un poco de aquella madera en la moto.

Atamos unas cuantas ramas con una cuerda y las sujetamos entre Sabina y yo.

–¡No vayáis a arañarme la moto! –decía Riky de vez en cuando.

Cuando llegué a mi casa cargado con aquel haz de leña, comencé a sentir una gran preocupación.

–¿Te ayudamos a subirlo? –me preguntó Riky.

–No, gracias. Puedo yo solo.

No cogí el ascensor y subí andando hasta mi piso. Frente a la puerta de mi casa, respiré un par de veces profundamente y llamé al timbre. No sabía qué excusa buscar, pero es que además prefería no pensar en ello y confiaba en que en el último segundo se me ocurriese algo brillante.

Abrieron la puerta las mellizas.

–¿Y mamá? –pregunté.

–Ha salido un momento al mercado –dijeron ellas–. ¿Qué llevas ahí?

–Son ramas de árboles –contesté, y me introduje corriendo por el pasillo, en dirección a mi habitación.

–¿Y para qué quieres esas ramas? –preguntó una de las mellizas.

–Son..., pues..., para la chimenea –fue lo primero que se me ocurrió.

–Pero si esta casa no tiene chimenea –añadió la otra melliza.

Me encerré en mi habitación y atranqué la puerta con la silla.

6

Creo que aquella fue la regañina más grande que me he llevado en mi vida, y eso que ya me he llevado unas cuantas, y de las buenas.

Si las mellizas hubiesen mantenido la boca cerrada, no habría sucedido nada. Yo creo que mi madre ya no se acordaba del castigo que me había impuesto por lo del libro de cocina. Pero las mellizas, en cuanto ella regresó del mercado, dijeron a dúo:

–Hemos cuidado a Jesús Jerónimo.

–Así me gusta.

–Y Gil ha vuelto con un montón de ramas –añadieron.

–¿Ramas? –se extrañó mi madre.

–Sí, ramas de árboles. Las traía atadas con una cuerda y se metió en su habitación con ellas.

Luego oí las pisadas de mi madre por el pasillo y, al momento, sentí cómo el picaporte de la puerta empezaba a moverse violentamente. Minutos antes había subido todas las ramas al maletero del armario y las había colocado allí como mejor había podido. Para ello tuve que empujar las maletas hacia el fondo y comprimir al mukusuluba contra una de las paredes. Pero con los nervios se me había olvidado quitar la silla de la puerta.

–¡Abre inmediatamente! –decía mi madre.

Yo, claro, abrí inmediatamente.

Mi madre entró deprisa y se situó en el centro de la habitación. Miraba a todas partes, como buscando algo. Las mellizas se habían quedado en el umbral de la puerta.

–¿Dónde están las ramas? –preguntó al fin mi madre.

–¿Qué ramas? –me hice el despistado.

–¡Las ramas! ¡Las ramas que han visto tus hermanas!

–Yo no he visto ninguna.

–¡Mentiroso! –me acusaron las mellizas.

Mi madre, entonces, comenzó a buscar por todas partes. Abrió las puertas del armario de par en par y miró entre la ropa. Mi corazón latía a toda velocidad, tan deprisa y tan fuerte que podía sentir sus latidos martilleando mis sienes. Por fortuna, no reparó en el maletero.

Al cabo de unos minutos, cansada de buscar, miró su reloj y me dijo:

–¿Por qué has vuelto tan tarde a casa? ¿Dónde has estado?

–Con Sabina y Riky.

–¿Y no sabías que estabas castigado y que debías regresar a casa nada más salir del colegio?

–Sí –respondí, y bajé la cabeza.

–Muy bien. A partir de hoy vas a estar un mes entero sin salir de casa. ¡De casa al colegio y del colegio a casa! ¡Y se acabó! ¿Entendido?

–Sí.

–Y en cuanto a Sabina, ya le diré yo mañana que...

–Ella no tiene la culpa –reaccioné al momento–. Yo la engañé. Le dije que tú me habías dado permiso para ir con ellos.

Mi madre, muy enfadada, se dio media vuelta y salió de la habitación.

A pesar de que no pudieron encontrar las ramas, mi madre, apoyada por mi padre en cuanto se enteró de lo sucedido, se reafirmó en el castigo.

Era el castigo más grande que había tenido en mi vida y, aunque creía que al cabo de unos cuantos días me lo levantarían, por el momento era mejor ni pensar en esa posibilidad.

Todos los días tenía que decirle a mi madre que me marchaba al colegio y, cuando volvía, decirle también que había regresado. Mi madre me recordaba a algunos profesores del colegio que pasaban lista casi todos los días. Ella también lo hacía, aunque la única persona de su lista era yo.

Pasarse un mes entero encerrado en casa, sin poder salir ni un momento a dar un paseo con los amigos, es muy duro. Pero mucho más duro me resultaba a mí estar sentado en mi cuarto sabiendo que el mukusuluba, allá arriba, en el maletero del armario, estaba sin un miserable papel que llevarse a la boca. Él, que se había convertido en mi mejor amigo, en el más entrañable compañero, en el único ser capaz de escucharme y de acompañarme... Él, allá arriba, muerto de hambre, y yo sentado en la cama, sin poder hacer nada por ayudarlo.

Comprendí entonces que el mukusuluba era un ser verdaderamente excepcional, porque ¿cómo explicarse, si no, que no la emprendiese a bocados con las puertas de madera del armario y con todo lo que encontrase de ese material? Él respetaba mi habitación, sabía que de actuar así me causaría problemas, y por eso prefería quedarse en el maletero muy quieto, indefenso, esperando la comida que cada día buenamente podía conseguirle. Sí, él era un amigo. Era un verdadero amigo.

Algunas veces pretendí complicar a Sabina; por supuesto, sin contarle nada del mukusuluba.

–Sabina, ¿te importaría acercarte a la carpintería de Balta?

–¿Para qué?

–Le dices que te dé recortes de madera. A él no le sirven para nada. Otras veces me los ha dado para hacer trabajos manuales.

Sabina fue un par de veces y cada día trajo una bolsa llena de recortes de madera. Pero, claro, yo no podía decir a Sabina que fuese todos los días a la carpintería, porque entonces empezaría a hacerme preguntas y más preguntas.

–Lo ideal sería que me trajeses unas cuantas ramas, como aquella tarde que estuvimos en el riachuelo... ¿Te acuerdas?

–Eso ni pensarlo –me dijo Sabina–. Aquella tarde arañamos con las ramas la pintura de la

Kawasaki. ¡No veas cómo se puso Riky cuando descubrió el raspón!

–No lo sabía –dije apesadumbrado–. De verdad que lo siento. Díselo a Riky de mi parte.

Sabina iba a salir de mi habitación, pero de pronto se detuvo y dijo:

–Pero ¿puede saberse qué haces con la madera? No veo ni rastro por aquí.

Intenté cambiar de tema, pero, como ella insistió, tuve que inventarme una salida.

–La llevo al colegio. Hacemos muchos trabajos manuales con madera.

–¿Y todos tus compañeros llevan también madera?

–Claro.

–Pues eso, en vez de un colegio, parecerá la mismísima carpintería de Balta.

Algunos objetos inservibles de madera encontré por mi casa, pero pocos. Y como el papel seguía escaseando, no tuve más remedio que volver la mirada hacia la estantería y seguir inmolando mis libros. Noche a noche, con el corazón en un puño, fui entregando al mukusuluba historias fascinantes, aventuras en los más alejados confines del mundo, batallas intergalácticas, horas de suspense, grandes y pequeños héroes, personajes entrañables, intrigas fabulosas, animales fantásticos, máquinas increíbles...

El mukusuluba no tenía preferencias literarias; seguramente no tenía siquiera gusto literario. A él solo le interesaba el papel, en cualquier forma y de cualquier color y textura.

A los pocos días, lo único que quedaba en la estantería era mi colección de Astérix. Al darme cuenta, me puse de pie de un salto y grité:

–¡Los Astérix no!

Una tarde me quedé solo en casa. Sabina se marchó a su hora, las mellizas regresaban más tarde porque tenían clase de ballet, mi padre no había vuelto del trabajo y mi madre tuvo que llevar a Jesús Jerónimo al médico, pues, según decía, se había resfriado.

A mis anchas, revisé toda la casa de arriba abajo en busca de papel y de madera. Y sí, encontré papel y encontré madera, pero no podía apropiarme ni de lo uno ni de lo otro, porque se trataba de cosas útiles, con valor, necesarias...

Iba a volver a mi cuarto, con el fin de admitir ante el mukusuluba mi imposibilidad de conseguirle más comida, cuando se me ocurrió una idea. La idea, que resultaría un poco trabajosa de llevar a cabo, era brillante, o al menos a mí me lo pareció.

Se me ocurrió al pasar por el salón y fijarme en las sillas de madera que rodeaban la mesa grande. Era evidente que no podía sustraer una silla para dársela al mukusuluba, pero lo que sí podía hacer era apoderarme de un trocito de aquellas sillas.

Corrí hasta la cocina y abrí las puertas de uno de los armarios bajos, donde sabía que mi padre guardaba su caja de herramientas. Saqué de ella un serrucho y regresé al salón. Una vez allí, cogí una silla y la tumbé en el suelo, apoyándola contra la pared. Calculé a ojo un par de centímetros comenzando por el extremo de una de las patas y empecé a serrar.

Se trataba de una madera dura y tuve que hacer un gran esfuerzo. Cuando conseguí que un pedazo de la pata quedase limpiamente seccionado, caí en la cuenta de que debía serrar inmediatamente las otras tres, antes de que alguien regresase a casa y pudiese descubrirme.

Mi brazo se convirtió en una especie de máquina de serrar y, aunque comenzaron a dolerme todos los músculos, continué en mi empeño. Así fueron cayendo uno a uno los trozos de madera correspondientes a las otras patas, hasta que las cuatro quedaron a la misma medida.

Una vez terminada la operación, volví a colocar la silla en su sitio y el serrucho en la caja de herramientas. Recogí los pedazos de madera y el serrín que se había originado y, con todo, regresé a mi cuarto corriendo.

No había conseguido aún reponerme del esfuerzo cuando sentí la puerta de la calle. Era mi madre, que regresaba del médico con Jesús Jerónimo.

Aquella noche, la silla mutilada le tocó a mi padre. Le observé detenidamente acomodarse en ella, junto a la mesa, a la hora de cenar. Creo que notaba algo raro, aunque no sabía qué. Miró a su alrededor y luego miró la mesa. Por último, volvió a coger la silla y la acercó más.

Mi madre, que servía la mesa, no pudo contenerse:

–¡Me estás poniendo nerviosa con la silla! –le dijo.

Y mi padre dejó de moverse.

Cuando terminamos de cenar, volví a ayudar a mi madre a retirar la mesa y a fregar los cacharros.

–¿Y por qué papá nunca friega los cacharros? –le pregunté en la cocina.

–Porque es un machista –me respondió ella.

Yo no entendía muy bien lo que quería decir la palabra «machista»; sin embargo, la había oído muchas veces en la televisión y creía saber algo de su significado.

Regresé al salón y me senté en el suelo, junto a la butaca de mi padre. Quería contarle algo que había sucedido por la tarde en el colegio. Mi compañero César se tiró un pedo en clase de Naturales y el profesor nos dijo que, como no se levantase el que había sido, nos castigaría a todos. César se puso de pie y el profesor le echó de clase y le dijo que no le admitiría hasta que sus padres hablasen con él.

–Oye, papá –comencé diciendo–. Esta tarde, en clase de Naturales...

–¿Te han dado ya las notas del último examen? –me cortó mi padre, sin dejar de mirar la película que estaban echando en la tele.

–Aún no. Lo que ha pasado es que César, mi compañero...

Mi padre se puso de pie y, mientras iba al recibidor a por su móvil, dijo:

–Mellizas, Gil..., a la cama. Esta película es para mayores.

Protestaron las mellizas y protesté yo, pero nuestras protestas no sirvieron de nada.

–¡Machista! –exclamé entre dientes mientras salía del salón.

Esa palabra me salió sin darme cuenta. No sé por qué. Menos mal que la dije en voz baja y nadie pudo oírla.

Al día siguiente volví a quedarme solo. Mi madre tuvo que salir y yo me ofrecí a cuidar de Jesús Jerónimo. Como el pequeño estaba tranquilo en su cuna chupeteando una corteza de pan que le había dado, me dispuse a continuar la labor que había comenzado. Por un lado conseguiría comida para el mukusuluba y, por otro, que todas las sillas del salón tuviesen la misma altura, con lo que resultaría más difícil ser descubierto.

Y así, una a una, serré las patas de las cinco sillas que quedaban. Cuando terminé con la última, coloqué las seis en fila y comprobé, preocupado, que no todas tenían la misma altura. Sin duda, con las prisas, había serrado unas patas más arriba que otras.

Traté de poner remedio y volví a serrar las patas de las sillas más altas. Me pesaba el brazo como si fuese de piedra y sudaba a chorros por la frente. Cuando terminé de nuevo, volví a colocar las sillas en fila y descubrí, con horror, que las que antes eran más altas ahora eran más bajas, y viceversa.

Por tercera vez, empuñé el serrucho y traté de arreglar aquel desaguisado. Serraba y medía, volvía a medir y volvía a serrar; así hasta que llegó un momento en que cada una de las seis sillas del salón tenía una altura diferente. Estaba nervioso porque llevaba mucho tiempo solo y alguien estaría a punto de llegar a casa.

Por eso dejé las sillas como estaban, bien colocadas alrededor de la mesa, y recogí el serrucho, los pedazos de madera y el serrín que había caído al suelo.

Afortunadamente, todos se retrasaron aquella tarde y tuve tiempo, incluso, de lavarme las manos y la cara y de acercarme hasta la cuna de Jesús Jerónimo. El pequeño había deshecho el pedazo de pan que le había dado y ahora jugaba con las migas húmedas pegadas a sus deditos. Al verme, comenzó a reírse.

–No te puedes imaginar el problema tan grande que tengo –le dije–. Si fueses mayor, podría compartirlo contigo.

Y le conté todo lo que me había sucedido desde que el mukusuluba apareció en la ventana de mi habitación, a pesar de saber que no podía entender ni una sola palabra de lo que le decía.

Poco después llegó mi madre; al rato, las mellizas, y cinco minutos más tarde, mi padre. Con el pretexto de estudiar, me metí en mi habitación y desde allí, con la puerta entreabierta, oía lo que todos comentaban.

Me imaginaba la escena: mi padre sentado en su butaca, revisando papeles de la oficina o leyendo el periódico; las mellizas haciendo los deberes en el suelo; mi madre entrando y saliendo a todas partes; la televisión puesta...

Siempre me ha fastidiado que a las mellizas les dejen hacer los deberes en el salón. Ellas dicen que para poder estudiar bien tienen que tener la tele puesta y comer de vez en cuando. Es un cuadro verlas estudiar, tiradas sobre la alfombra del salón, haciendo problemas al tiempo que devoran patatas fritas. Pero lo cierto es que sacan muy buenas notas. ¡Qué suerte tienen! Yo, si quiero sacar buenas notas, tengo que encerrarme en mi habitación y concentrarme un montón, y a veces ni así lo consigo.

En aquel momento, lo que menos podía hacer era estudiar. Estaba tan angustiado por mi situación que no podía concentrarme en nada. Sabía que no podría conseguir más madera dentro de mi casa sin ser descubierto, y a la calle aún no me dejaban salir. Por tanto, estaba claro que el mukusuluba corría peligro de muerte y yo, por más que lo intentase, no podría remediarlo.

Me horrorizaba la idea de que el mukusuluba, mi amigo, muriese de hambre, porque si esto sucedía yo me quedaría solo, completamente solo, a pesar de mis padres, a pesar de las mellizas, a pesar de Jesús Jerónimo, a pesar de Sabina y Riky... Lo sabía, estaba seguro.

Y aquella noche se produjo la catástrofe. Y se produjo, claro, a la hora de la cena.

Todo empezó mal. De primer plato había sopa, y de segundo, pescado.

Al sentarme en la silla, noté que la mesa me quedaba más alta que en otras ocasiones.

Me estiré cuanto pude para evitar que los demás se fijasen. Pero ya todos habían notado algo

raro. Bajé la cabeza y los miré de reojo. Corrían las sillas y se acomodaban una y otra vez, como si no encontrasen la postura adecuada. Mi padre ponía y quitaba los codos de la mesa, como queriendo descubrir con este gesto lo que estaba pasando.

–Esta mesa está más alta –dijo al cabo de un rato.

–Imposible –dijo mi madre.

Entonces, mi padre volvió a poner y a quitar los codos unas cuantas veces y añadió:

–Pues si la mesa no está más alta, quiere decirse que son las sillas las que están más bajas...

Y mi padre se levantó de la silla, dio dos pasos hacia atrás y se quedó mirándola. Luego, se agachó hasta ponerse a gatas, se acercó a ella y detuvo la mirada en el extremo de sus patas. Un grito enorme atronó el salón:

–¡Qué estoy viendo!

Al momento, mi madre y las mellizas también estaban a cuatro patas en el suelo.

Yo metí la cabeza en el vaho que se elevaba desde mi plato de sopa. La vista se me nublaba y los fideos se iban difuminando. Deseé con todas mis fuerzas convertirme en uno de esos fideos blandengues que jugaban a bucear en un mar hirviente.

Y ya no tuve más remedio. ¿Qué otra cosa podía hacer? Toda mi familia se había colocado junto a mí, rodeándome. No podía escapar de ninguna manera. No había mentira en el mundo capaz de sacarme de aquella situación. Por tanto, la única salida posible era decir la verdad.

Me levanté de la silla despacio, con la mirada baja, y, con un leve gesto de mi cabeza, les dije:

–Acompañadme. Tengo que mostraros algo.

Debió de ser el tono de mi voz. No sé... Pero todos, en silencio, sin lanzarme un solo reproche y sin pedirme una sola explicación, me siguieron hasta mi cuarto. Una vez allí, coloqué una silla ante el armario, me encaramé a ella y abrí las puertas del maletero. Cogí con mis manos al mukusuluba y lo bajé de la que había sido su morada durante días. Con cuidado, lo deposité sobre mi mesa de escritorio.

–Es un mukusuluba, un mukusu... –dije a modo de presentación–. Solo come papel y madera.

Entonces fue cuando descubrí las caras de mi familia. Todos tenían los ojos exageradamente abiertos y miraban al mukusuluba sin pestañear. Sus bocas también se habían abierto de par en par y, sin esfuerzo, podía vérseles hasta la campanilla. Pensé que formaban un cuadro perfecto, titulado *Sorpresa*.

También pensé que, en cuanto se les pasase el asombro, cosa que no podía durar demasiado, tendría que ir pensando en despedirme del mukusuluba, mi amigo.

7

Sí, AQUEL DÍA hice una señal en el calendario. No quería olvidarme, como me pasó con aquel otro en que el mukusuluba apareció en la ventana de mi habitación. Creo que algo dentro de mí me dijo que aquel día iba a ser importante; por eso hice la señal en el calendario.

Recuerdo que me sentía fatal, paralizado junto a mi mesa de escritorio, inmóvil a pesar de los nervios, sudando por todos los poros de mi cuerpo, mirando de reojo ora al mukusuluba, ora las caras de mi familia.

Sin atreverme a levantar la cabeza del todo, observé cómo los ojos de mis padres y de mis hermanas recuperaron poco a poco su tamaño habitual y cómo sus bocas se cerraron lentamente. Luego, todos ellos, moviéndose muy despacio, como si estuviesen ejecutando pasos de ballet a cámara lenta, rodearon mi mesa de escritorio y, por consiguiente, al mukusuluba.

Yo ya había dejado de esperar sus gritos, sus reproches, sus acusaciones... Sabía que, de no haberse producido en los primeros instantes, no se producirían. Pero de lo que estaba seguro era de que mi padre, de un momento a otro, iba a pedirme explicaciones. Tendría que contárselo con pelos y señales, explicarle todo, aclararle todo... Quizá por eso me anticipé.

–Apareció en la ventana –les dije–. Es un ejemplar único de mukusulaba. Lo sé por un cartel que traía colgado del cuello. Es muy bueno y muy pacífico. El único problema es que solo come papel y madera.

Mi padre se había inclinado un poco hacia el mukusuluba y lo miraba lleno de curiosidad. Tal vez había descubierto ya sus ojos negros y profundos, en los que brillaba esa chispa casi mágica.

–¿Y dices que es un ejemplar único? –me preguntó rascándose la cabeza.

–Eso ponía en el cartel que colgaba de su cuello cuando lo encontré.

–No hay más que verlo –intervino mi madre.

Todos se fueron acercando más al mukusuluba. Sus cabezas se juntaron frente a él, apiñadas en un racimo.

Entonces, no sé por qué, sentí la necesidad de hablar, de explicarles cosas y sentimientos:

–Mamá habla con papá y papá habla con mamá. Las mellizas hablan entre sí. Yo tendría que hablar con Jesús Jerónimo, pero es imposible. No me escucha y, además, no puede entenderme. Por eso decidí quedarme con el mukusuluba. Él sí que me escucha y sí que me entiende. No os dije nada antes porque pensé que a vosotros no os gustaría y lo echaríais a la calle o lo llevaríais a algún sitio lejos de casa. Y entonces yo volvería a sentirme solo, sin nadie a quien poder contar las cosas que me pasan.

Y de repente me callé. Comprendí que era absurdo seguir hablando. Nadie me prestaba la más mínima atención. Todos estaban absortos con el mukusuluba. Bueno, tal vez él escuchó mis palabras; de ser así, seguro que me comprendió sin dificultad.

A nadie se le pasó por la imaginación echar de casa al mukusuluba. Al contrario, todos estaban encantados con su presencia.

Desde aquel día, por supuesto, no tuve necesidad de volver a esconderlo en el maletero. El mukusuluba ocupó un sitio de honor en mi habitación, debajo de la ventana, para que no le faltase luz, y al lado del radiador de la calefacción, para que se sintiese calentito en los fríos días de invierno.

Mi madre en persona se ocupó de buscarle una alfombra y unos cuantos cojines para que se sintiese cómodo. Mi padre le llevó el periódico, a pesar de que aún no lo había terminado de hojear. Las mellizas, después de observarlo durante mucho tiempo, se decidieron a acariciarlo y, al comprobar que él se dejaba acariciar, se acercaron a mí sonrientes.

–¿Cómo se llama, Gil? –me preguntó una de ellas.

–Mukusuluba.

–Pero... ¿no tiene un nombre? ¿No le has puesto tú ningún nombre?

–Mukusuluba –repetí yo.

Las mellizas se miraron y volvieron al instante a la carga.

–¡Es fabuloso! –dijo una.

–¡Es fantástico! –dijo la otra.

–Sí... –aseguré yo, por darles la razón.

–¿Nos dejarás entrar en tu habitación para verlo? –dijeron las dos.

–Bueno.

Yo no podía creerme las cosas que estaban pasando en mi casa. Es que... no entendía nada de nada.

Al día siguiente de las presentaciones, me despertó por la mañana Jesús Jerónimo. En sueños, sentí algo blando y húmedo sobre mi cara; tuve la sensación, además, de que me estaban tirando del pelo. Abrí los ojos y me encontré con Jesús Jerónimo sobre mi cuerpo, sonriendo y haciendo pedorretas con su boca llena de babas.

–¡Eh! Pero ¿qué haces tú aquí?

Y al instante oí la voz de mi madre.

–Buenos días, Gil. Es hora de levantarse. Jesús Jerónimo y yo hemos venido a despertarte.

Mi madre estaba agachada junto al mukusuluba, observando con atención cómo engullía sus revistas. Me incorporé un poco en la cama y sujeté a mi hermano para que no se cayese.

–¿Ya las has leído?

–Sí.

–Pero Sabina no. Y Pepa, la hermana de Riky, tampoco.

–Bueno, se harán cargo.

Me levanté con Jesús Jerónimo en brazos y me acerqué al mukusuluba. Mi hermano, al verlo, se puso a dar saltos y estiraba sus bracitos para cogerlo.

–Estate quieto –le dije–. Que te vas a caer.

Creo que Jesús Jerónimo también estaba cautivado por el mukusuluba.

Encontré el cuarto de baño libre y a las mellizas levantadas.

–¡Gil! ¡Gil! –me llamaron desde la puerta de su habitación–. ¿Puedes venir un momento?

Me acerqué cansinamente, frotándome los ojos con los puños. Tenía sueño y estaba desconcertado. Las mellizas me enseñaron una caja de zapatos con algunas postales en su interior.

–Son postales –dijo una de ellas.

–Cuando desaparecieron nuestras postales, empezamos una nueva colección –añadió la otra.

Era increíble. Las mellizas hablaban de desaparición de sus postales. No me acusaban de la desaparición, no me reprochaban nada. Es más, ignoraban mi participación en aquel hecho.

–¡Tenemos treinta y cuatro! –dijeron a dúo.

–Pronto volveréis a llenar la caja. Yo os puedo comprar alguna para compensar...

–¡Son para el mukusuluba! –volvieron a decir a dúo, riendo como si alguna cosa les hubiese hecho gracia.

Me marché al colegio antes de que Sabina llegase. Casi todas las mañanas llega antes de que me vaya, pero ese día se retrasó. Y me dio rabia, porque me hubiese gustado hablar con ella y presentarle personalmente al mukusuluba.

Creo que en el colegio pasé uno de los peores días que recuerdo. Primero, porque durante todo el tiempo que duraron las clases mi mente estaba en otro sitio, lejos de las aulas y de los libros de texto. Mi mente estaba en mi casa, en mi habitación. Mi cuerpo había ido al colegio, como cada día, pero mi mente, preocupada por otros asuntos, se había quedado en casa.

Me llamaron la atención todos los profesores. Me dijeron que estaba distraído, despistado, en Babia, en las nubes..., que así no podía seguir, que cada día iba peor, que tendrían que hablar con mis padres, que estaba tomando una actitud negativa...

Por la tarde, el tutor de mi curso apareció con un carpetón grande y abultado. Todos sabíamos lo que aquello significaba. Eran las calificaciones de la última evaluación. Nos fue nombrando uno a uno y fuimos acercándonos a recoger nuestro papel.

Cuando dijo mi nombre, y mientras avanzaba por el pasillo hacia su mesa, me temí lo peor. Y, en efecto, sucedió lo peor.

–Mal, Gil –me dijo el tutor–. Muy mal. Has bajado una barbaridad. ¿Qué te pasa?

Yo pensaba permanecer callado. Como mucho, podía encogerme de hombros poniendo cara de cordero degollado. Pero no lo hice.

–Creo que la culpa la tiene el mukusuluba –dije–. Es que hace aproximadamente dos meses apareció en la ventana de mi habitación un ejemplar único de mukusuluba. Me quedé con él y nos hicimos amigos. Es un gran amigo. A él le cuento muchas cosas y...

El tutor, enfadado, no me dejó continuar. Me dijo que quería hablar con mis padres urgentemente y en el papel de calificaciones escribió una nota para ellos.

La clase entera era una carcajada.

Regresé a mi casa sin ganas. Me hubiese gustado que Sabina y Riky me estuviesen esperando en la Kawasaki. Me apetecía volver a aquel riachuelo, pero no para coger madera, sino para estar allí simplemente, sentado en la orilla, tirando piedras al agua.

Me abrió la puerta mi madre.

–¿Se ha marchado ya Sabina? –le pregunté inmediatamente.

–Aún no –me respondió–. Creo que está en tu habitación con el mukusuluba. Ella también está encantada con él.

Corrí hasta mi habitación y allí, sentada en el suelo, me encontré a Sabina. Estaba junto al mukusuluba y observaba cómo engullía un montón de libros.

–¡Hola, Sabina!

–Gil, ¡eres un granuja! De modo que querías quedártelo solo para ti –me respondió riendo.

–Puedo explicártelo. Verás...

–Ya me lo ha contado todo tu madre. Oye, es... no sé cómo decirte. Es... ¡fabuloso! ¡Cuando se lo cuente a Riky...! –Sabina estaba eufórica.

–Me parece que esta semana no vas a poder leer revistas. Mi madre...

–No importa. Eso es lo de menos.

Enseguida me di cuenta de que a Sabina le había ocurrido lo mismo que al resto de mi familia. Por tanto, cualquier intento de diálogo con ella iba a resultar prácticamente imposible. Me quedé mirando al mukusuluba y pregunté por lo que se estaba comiendo.

–Es una enciclopedia –me respondió–. Se la dio tu madre. Pensó que apenas se usa y que le gustaría mucho.

¡Una enciclopedia! En mi búsqueda de papel por la casa las tardes en que me quedé solo, me topé varias veces con la enciclopedia, pero jamás se me pasó por la imaginación cogerla.

Luego, mi vista se centró en Sabina. Imaginé cómo sería mi vida si fuésemos novios ella y yo.

–Sabina –dije en voz baja–, no es que yo lo desee, pero si alguna vez regañas con Riky y dejáis de ser novios... Bueno, pues yo..., a mí me gustaría...

–¡Se ha comido toda la enciclopedia! –exclamó Sabina haciendo aspavientos con los brazos.

Estaba claro que no había oído ni una sola palabra de lo que pretendía decirle.

Al momento, las mellizas regresaron del colegio. En vez de pedir la merienda, como hacían siempre, corrieron hasta mi habitación y se sentaron en el suelo, cerca del mukusuluba. Abrieron sus carteras, comenzaron a sacar cosas y a hablar como ametralladoras parlantes.

–Traemos muchas cosas para el mukusuluba.

–Cuadernos viejos.

–Libros de texto del año pasado.

–Y del año antepasado.

–Y del pasado del antepasado.

–Y más postales.

–Y cartulinas de colores.

–Y papel de envolver.

–Y servilletas de papel.

–Y nuestra colección de pajaritas de papel...

Mi madre entró también en la habitación, con Jesús Jerónimo en brazos. Traían la bolsa de los pañales. Se hicieron un hueco entre los demás y se sentaron en el suelo.

–Y ahora, Jesús Jerónimo le va a dar una cosita al mukusuluba –dijo mi madre, al tiempo que sacaba de la bolsa un pañal y se lo colocaba entre sus manitas.

–¿Un pañal? –preguntaron las mellizas con gesto de extrañeza.

–¡Claro! –exclamó mi madre–. Los pañales de Jesús Jerónimo son de celulosa.

No quise intervenir para explicarles que eso ya lo había descubierto yo. Me quedé callado observando cómo mi hermano alargaba su brazo, guiado por mi madre, y dejaba caer el pañal junto al mukusuluba. A continuación, todos prorrumpieron en un fuerte aplauso, acompañado con gritos de júbilo. Jesús Jerónimo estaba loco de contento y saltaba en el regazo de mi madre.

De repente, sonó el timbre de la puerta. Como todos estaban ocupados con el mukusuluba, yo fui a abrir. Me encontré a un señor que sujetaba con sus dos brazos una auténtica torre de papel, tan alta que le tapaba la cabeza entera.

–¡Echadme una mano! –se oyó una voz tras la torre de papel.

Y por aquella voz reconocí a mi padre.

–¡Papá!

–¡No puedo más!

Entre los dos dejamos la torre en el suelo.

–¿Qué es esto? –le pregunté.

–Expedientes –me respondió.

–¿Expedientes? –no entendía qué significaba aquella palabra.

–Expedientes antiguos, claro está. Esto es lo que yo hago en la oficina, Gil. Llevo veinte años haciendo expedientes.

–¿Y por qué los has traído a casa?

–Cada cierto tiempo, los expedientes antiguos se destruyen porque ya no sirven para nada. Todos estos iban a ser destruidos mañana. ¡El mukusuluba se va a poner las botas, Gil!

Y sin perder un minuto más, mi padre cogió un pequeño montón de papeles, o de expedientes, de aquella torre y se dirigió a mi habitación.

Yo le seguí despacio. Cuando llegué a la puerta, pude ver que también se sentaba en el suelo y, entre risas, participaba de la alegría general.

Me quedé en el umbral de la puerta contemplando la escena. ¿Por qué no me sentaba yo también en el suelo? Al fin y al cabo, aquella era mi habitación y el mukusuluba era mi amigo. Pero... ¿lo era? ¿Lo seguía siendo?

Desde la puerta dije:

–Me han dado las notas de la última evaluación. Son muy malas. El tutor quiere hablar con vosotros.

Lo dije aun a sabiendas de que nadie me iba a escuchar.

Me di media vuelta y caminé pasillo adelante hasta el salón, conecté el televisor y me senté en el sofá. Los gritos y risas que provenían de mi habitación me impedían oír con claridad el programa que estaban poniendo. Era una pena, porque parecía interesante.

8

Ha pasado una semana justa desde que mi familia conoció al mukusuluba y aproximadamente dos meses desde que él apareció en la ventana de mi habitación. No hago más que pensar en ello.

¡Siete días! Los he recordado uno a uno un montón de veces a lo largo del día, desde que me he levantado de la cama por la mañana hasta ahora, que miro la calle desde la ventana sujetando entre mis manos el bocadillo que me acaba de traer Sabina. No hago más que repetirme que debería sentirme contento y feliz; sin embargo...

¡Siete días! ¡Una semana justa! Creo que es un buen momento para tomar una determinación. Pero... ¿cuál?

Es curioso: vuelvo a encontrarme mirando a través de la ventana con un bocadillo en la mano. Menos mal que este no es de jamón serrano. Creo que seré capaz de comérmelo, aunque estoy seguro de que, si lo tirase al cubo de la basura, nadie se daría cuenta. Sí, creo que este me lo comeré entero, yo solo. Es de queso. No es que el queso me entusiasme, pero al menos no se me hace una bola dentro de la boca, como el jamón serrano.

¡Siete días ya!

He decidido que no puedo aguantar más tiempo. Acabaría volviéndome loco. Por eso tengo que tomar una determinación. Lo pensaré mientras como el bocadillo de queso; lo pensaré bien, y cuando me trague el último bocado...

No podrán decirme que no lo he intentado. No podrán acusarme de falta de interés.

Mi familia entera se quedó hechizada por el mukusuluba. Pero yo lo he intentado, lo he intentado varias veces, con cada uno de ellos por separado y con todos juntos.

Hace tres días, cuando ya estaba en la cama a punto de dormirme, sentí un ruido en la puerta de mi habitación. Me incorporé un poco y descubrí a las mellizas que entraban sigilosamente, de puntillas.

–Estoy despierto –les dije.

Entonces ellas, ya sin ninguna precaución, encendieron la luz, atravesaron la habitación y se acercaron al mukusuluba.

–Queríamos darle las buenas noches –dijo una de ellas.

–Estábamos ya acostadas, pero de pronto recordamos que no le habíamos dado las buenas noches –añadió la otra.

–Pues recordáis mal –dije–. Hace un rato le habéis dado las buenas noches, por lo menos media docena de veces, delante de mí.

Ellas no quisieron escucharme. Se agacharon junto al mukusuluba y comenzaron a acariciarlo y a decirle cosas que a mí me parecían tonterías.

Yo, sentado en la cama, las miraba y creo que, aunque no me daba cuenta del todo, muchas cosas pasaban por mi cabeza, cosas que me preguntaba a menudo y que no sabía cómo responderme. De pronto, sentí necesidad de decirles algo, y lo hice:

–Yo me quedé con el mukusuluba porque me sentía solo en esta casa, a pesar de papá y mamá, a pesar de vosotras, a pesar de todo el mundo... ¿Lo entendéis?

Entonces, las mellizas se pusieron de pie y se acercaron a mí.

–Nosotras también nos sentimos solas –dijo una de ellas.

–Nos parecemos tanto que casi formamos una misma cosa –continuó la otra–. Y aunque parezca que nos hacemos compañía la una a la otra, necesitamos algo más.

–Por eso debes dejarnos compartir la amistad del mukusuluba.

–Nosotras también necesitamos a alguien que nos escuche y nos comprenda.

–¿Lo entiendes, Gil?

Moví la cabeza afirmativamente. Cómo no iba a entenderlo, si eso era precisamente lo que a mí me sucedía.

Desde aquella sorprendente revelación de las mellizas, mi confusión aumentó. A los problemas que ya tenía se sumó la imagen de las mellizas mirándome con esos ojos pequeños y vivos rodeados de mofletes. En cualquier momento y lugar se me aparecían en mi mente y volvían a decirme, con una voz llena de pena, que ellas también se sentían solas.

Me preocupó tanto la soledad de las mellizas que decidí actuar por mi cuenta. Al día siguiente, es decir, hace dos días, cuando regresé del colegio, me encontré a mi madre, a Sabina y a Jesús Jerónimo jugando con el mukusuluba en mi habitación. Sabina salió un momento y yo aproveché la ocasión.

–Tengo que decirte una cosa, mamá.

–¿Es importante? –me preguntó ella.

–Importantísimo.

–Ya me lo imagino: te han dado las notas de la última evaluación y son malas.

Sí, podía haberse tratado de eso. Llevaba las calificaciones en la mochila y aún no se las había enseñado. Pero no era eso.

–Pues dímela –dijo ella sin mirarme, haciendo cosquillas al mukusuluba.

–Las mellizas se sienten solas.

–¿Y tú cómo lo sabes?

–Ellas mismas me lo confesaron anoche. Me dijeron que necesitaban la amistad del mukusuluba, que necesitaban a alguien a quien poder contar lo que te pasa...

–¡Alguien a quien poder contar lo que te pasa! –me cortó mi madre, y cuando terminó de decir la frase, suspiró profundamente.

–Eso mismo –añadí yo.

–¿Y tú crees que yo no necesito a alguien a quien contar lo que me pasa? –me preguntó de pronto.

–Tienes a papá.

–¡Papá! –y volvió a suspirar–. Ya sabes que papá es un machista.

–Sí, pero no entiendo muy bien lo que significa «machista». ¿Significa acaso que no puedes contarle lo que te pasa?

–Significa eso y más. Yo trabajo fuera de casa como él. Gano dinero como él. Sin embargo, yo tengo que ocuparme de la casa, de vosotros, de... ¡de todo! Y luego, no le digas nada. Él nunca quiere saber nada. La mayor parte del día está fuera de casa. Y cuando está dentro, o lee el periódico, o ve la televisión, o se duerme en la butaca antes de roncar en la cama.

Mi madre se había disparado. Lo dijo todo casi de un tirón y con una pizca de rabia en su voz y de desesperación en su gesto. Pero de repente se calló y movió la cabeza de un lado a otro. Luego, cambiando de tono, añadió:

–No me hagas caso, Gil. No sé por qué te digo estas cosas.

–Entonces... –yo estaba dispuesto a hacer la pregunta clave–. ¿Te sientes sola?

–Hay días en que me siento completamente sola e incomprendida.

Regresó Sabina con la merienda y cambiamos de tema, forzando los dos una sonrisa.

Si yo me sentía solo, si las mellizas se sentían solas y si mi madre se sentía sola, el problema de mi familia era mucho más grande de lo que pensaba. Por tanto, era urgente actuar cuanto antes.

Después de mucho pensar, me decidí por comunicar, en primer lugar, la situación a mi padre. Posiblemente él no se había dado cuenta de nada.

A veces es muy despistado: se pone un calcetín de cada color y se le olvidan las llaves del coche en todas partes.

Y me fue realmente fácil decírselo a mi padre, porque al poco tiempo llegó a casa, mucho antes de la hora habitual. Entró en mi habitación con un montón de libros enormes, gigantescos. Antes de preguntarle nada, me dijo:

–Mira, Gil, todo lo que traigo. Son libros de contabilidad antiguos. De proveedores, de caja, de acreedores... ¡Se va a llenar la tripa de números el mukusuluba!

Estábamos solos. Sabina, con gran pena, acababa de marcharse. Había quedado con Riky, pero hubiese preferido quedarse con el mukusuluba. Mi madre había salido con Jesús Jerónimo y las mellizas no habían llegado todavía porque tenían clase de ballet.

–Papá, ¿no te gustaría saber si me han dado las notas de la última evaluación?

–Por supuesto –contestó, colocando los libros aquellos delante del mukusuluba.

Era la primera vez que se olvidaba de mis notas. Él tenía auténtica obsesión por mis notas, eran lo único que le preocupaba del colegio, pero ahora parecía haberse olvidado por completo de ellas.

Así que decidí dejarlas en la mochila y cambié de conversación, planteándole claramente el asunto que me interesaba.

–Las mellizas se sienten solas y mamá se siente sola –yo me excluí deliberadamente–. Por eso están encantadas con el mukusuluba. Él les proporciona compañía, amistad..., esas cosas.

Mi padre dejó el último libraco en el suelo y se levantó muy despacio. Se acercó a mí y clavó sus ojos en los míos. Jamás mi padre me había mirado de aquella manera.

–Yo también necesito la compañía del mukusuluba, su amistad..., esas cosas, como tú dices –me dijo.

–Pero... ¿tú también...? –comencé la pregunta clave.

–Yo también, Gil –me respondió sin perder la seriedad–. ¿Qué es mi vida? Llevo veinte años en la oficina haciendo lo mismo, un día, y otro, y otro..., todos iguales y todos terribles. Veinte años aguantando zancadillas, injusticias, malas caras, puñaladas traperas por la espalda... Y cuando salgo de la oficina...

No le dejé seguir, porque me temía lo peor.

–¡Está tu casa! ¡Estamos nosotros! –le dije, un poco indignado.

–Lo sé, pero la oficina me agría el carácter. Llego cansado y...

Mi padre se calló unos instantes y yo le miré. Su rostro me pareció el más triste del mundo y sentí una gran compasión.

–Menos mal que yo pienso ser fontanero y no trabajaré nunca en una oficina –comenté.

Él volvió a mirarme y añadió:

–Necesito al mukusuluba, Gil. Lo necesito.

Cada vez entendía menos. Según iba descubriendo cosas, todo se embarullaba en mi cabeza.

Ya sabía que toda mi familia se sentía sola, pero... ¿por qué motivo? ¿Acaso a todas las familias les pasa lo mismo? Si era algo general, no había por qué preocuparse; pero si era algo que solo nos ocurría a nosotros, la cosa era muy seria. Tendría que preguntar a algunos compañeros del colegio; sería la única forma de salir de dudas.

Lo cierto, porque yo mismo podía experimentarlo, era que, desde el momento en que el mukusuluba salió a la luz, yo me sentí más solo que antes. Seguía sin poder comunicarme con mi familia y, además, tampoco podía hacerlo con el mukusuluba. No podía ni siquiera acercarme a él. Siempre había alguien a su lado, cuando no estaban todos a la vez. Y lo que a mí me apetecía era estar solo con él, en secreto incluso, como al principio, y hablarle en voz baja para que nadie pudiese oírme.

Ayer, cuando iba a marcharme al colegio, me topé en la puerta con Sabina, que entraba en ese momento. Me dijo algo que me llenó de alegría.

–Esta tarde va a venir Riky a buscarme.

–¿En la Kawasaki?

–Claro.

–¡Qué estupendo!

–Va a subir. Ayer le pedí permiso a tu madre. Quiere conocer también al mukusuluba.

–Y cuando lo conozca, podemos irnos a dar una vuelta, hasta aquel riachuelo, y tomar algo. Yo os invito esta vez. Tengo algo de dinero –añadí, loco de contento.

–Bueno...

Me pasé todo el día pensando en Riky, en la Kawasaki, en el riachuelo... No sé por qué, pero me sentía contento de pensar en otras cosas que no fuesen mi casa, mi familia e, incluso, el mukusuluba.

El tutor, que además nos da clase de Matemáticas y de Naturales, me preguntó:

–¿Has dicho ya a tus padres que quiero hablar con ellos urgentemente?

–Sí –respondí.

No le dije que ellos no se habían enterado, que ni siquiera me habían escuchado.

Regresé a casa por la tarde sin perder un minuto. Me abrió Sabina la puerta.

–¿Ya ha venido Riky? –le pregunté.

–Estará al llegar –me respondió ella mirando su reloj–. Ya tenía que estar aquí, no entiendo por qué se retrasa tanto.

Riky tardó aún media hora en llegar. Cuando sonó el timbre, yo corrí a abrir, seguro de encontrármelo. Abrí y descubrí un montón enorme de ramas sujetas por dos manos llenas de arañazos.

–Gilito, soy Riky –salió su voz entre aquellas ramas.

–Pero... ¿qué es esto?

–Antes de venir, me he acercado en la moto hasta aquel riachuelo y he cogido un poco de madera para él. Sabina me lo ha contado todo.

–Déjame que te ayude.

Y entre los dos metimos aquellas ramas en la cocina.

–Se te habrá arañado la Kawasaki.

–No te preocupes.

¡Pero cómo no iba a preocuparme! ¿Qué estaba pasando, que incluso a Riky no le importaba que se llenase de arañazos su moto?

Y, claro, no hubo forma de sacar a Sabina y a Riky de casa. Ellos, con mi madre y Jesús Jerónimo primero, y con el resto de la familia poco después, se quedaron toda la tarde en mi habitación, sentados en el suelo, mirando al mukusuluba, jugando con él, riéndose con él...

Si llego a preguntar a Sabina y Riky, seguro que ellos también me hubiesen respondido que se sentían solos en el mundo y que necesitaban la compañía del mukusuluba. Pero esta vez no me tomé siquiera la molestia de preguntarles.

Desde el umbral de la puerta de mi habitación, los observé unos instantes; luego dije:

–El tutor de mi clase quiere hablar con mis padres porque las notas que he sacado en la última evaluación son malas, son... muy malas.

Nadie me escuchó, y eso que esta vez alcé el tono de voz.

Me marché al salón y conecté el televisor, pero antes de que la imagen apareciese nítidamente en la pantalla, lo apagué. Luego, salí de mi casa y me di un paseo por el barrio, solo.

No hacía más que pensar en que tenía que tomar una determinación.

Y hace solo unos minutos, mientras me esforzaba por acabar el bocadillo de queso de la merienda, la he tomado por fin.

Lo primero que he hecho ha sido atrancar la puerta de mi habitación para que nadie pueda molestarme. El picaporte se ha movido varias veces y han pretendido entrar mi madre, Sabina y las mellizas.

–Tengo que estudiar –les he dicho.

–¿Tardarás mucho tiempo? –todas me han preguntado lo mismo.

–No, no mucho.

Incluso las mellizas me han hecho una proposición.

–Si quieres, puedes estudiar en nuestra habitación. Allí no te molestará nadie.

–Prefiero hacerlo en la mía –he respondido molesto.

Sé que ahora dispongo de algo de tiempo. No mucho, porque enseguida se impacientarán y volverán a incordiarme. Pienso que al menos me dejarán tranquilo durante una hora. ¡Una hora! Será más que suficiente.

Creo que la solución que he encontrado va a resultar dura para todos los de esta casa, y sobre todo para mí. Pero estoy convencido de que no hay otra mejor.

Una vez que he decidido llevar a cabo mi determinación, me he sentado en el suelo, junto al mukusuluba, y se lo he contado todo. Creo que él tiene derecho a saberlo en primer lugar. Se ha quedado muy quieto escuchando, mirándome con sus ojos negros, casi infinitos, en los que brilla con nitidez esa chispa misteriosa de luz.

–Te habrás dado cuenta ya de que todo el mundo en esta casa se siente solo. Te aseguro que para mí ha sido una sorpresa descubrirlo. Yo me sentía solo, pero no sabía que mis hermanas, que mis padres, que Sabina y Riky... Tú ya sabes... No sé lo que nos pasa. Creo que tenemos que intentar no sentirnos solos, pues de lo contrario estamos perdidos, acabaremos..., bueno, no sé cómo acabaremos, pero seguro que nada bien. Por eso tienes que marcharte. Lo entiendes, ¿verdad? Tú siempre me has entendido y tienes que hacerlo ahora también. Si te quedas, seguiremos sin poder hablar en esta casa y, por tanto, seguiremos sintiéndonos muy solos.

Pienso que no puedo echarle así, que al menos tengo que colgarle un cartel del cuello, como el que llevaba cuando apareció en mi ventana, para que quien lo encuentre sepa de quién se trata y cómo alimentarlo.

Cojo una cartulina de las que tengo para trabajos manuales y con un grueso rotulador escribo en ella:

A quien me encuentre:
Soy un ejemplar único de mukusuluba.
Sé escuchar y por eso soy capaz
de entender todo lo que me digas.
Soy buena gente.
Mi último dueño,
a pesar de que tuvo que abandonarme,
me recordará siempre.
Me alimento de papel y de madera
y, eso sí, soy insaciable.

Firmado: SU ÚLTIMO DUEÑO

Perforo la cartulina por los extremos superiores y le ato un cordel de forma holgada. Luego hago pasar ese cordel por detrás de la cabeza del mukusuluba, de forma que el cartel le queda colgado por delante.

Abro la ventana y coloco al mukusuluba con cuidado sobre el alféizar.

–No sé cómo pudiste llegar hasta aquí. Pero seguro que de la misma forma podrás marcharte.

Luego retrocedo unos pasos sin dejar de mirarlo. De pronto, se me ocurre una idea.

–¡Espera! –grito–. ¡No te vayas aún!

Corro hasta la cama, sobre la que está mi mochila. La cojo con ambas manos, la abro y rebusco entre libros y cuadernos hasta que encuentro la hoja con las notas de la última evaluación. Con ella en la mano, me acerco a la ventana.

–Toma –le digo–. Para que no te vayas con el estómago vacío.

El mukusuluba separa sus grandes mandíbulas y engulle la hoja. A mí me entra una risa inexplicable, una risa que no puedo contener.

Me vuelvo hasta mi estantería y cojo mi colección de Astérix. Son los únicos libros que me quedan. Haciendo un gran esfuerzo, porque pesan mucho, los llevo hasta la ventana.

–Para el camino –le digo al mukusuluba–. Espero que te sepan muy ricos.

Luego, mi risa tonta comienza a ahogarse. Siento una congoja que me sube por el cuerpo. Voy a comenzar a llorar de un momento a otro. Por eso, y para que el mukusuluba no me vea llorar, me tiro sobre la cama y me tapo la cabeza con la almohada. Al momento, noto que la tela comienza a humedecerse.

Al cabo de un rato, pienso que mi colección de Astérix es muy pesada para el mukusuluba. Incluso a mí me ha costado muchísimo trabajo sujetarla entre mis brazos. No podrá con ella, seguro. Me levanto de un salto y miro hacia la ventana.

Y ya no está.

Se ha llevado toda mi colección de Astérix. Sin duda, el mukusuluba es, además, un tipo fuerte.

Entonces recuerdo que hasta el último instante ha brillado en sus ojos esa chispa misteriosa, lo que quiere decir que no estaba triste.

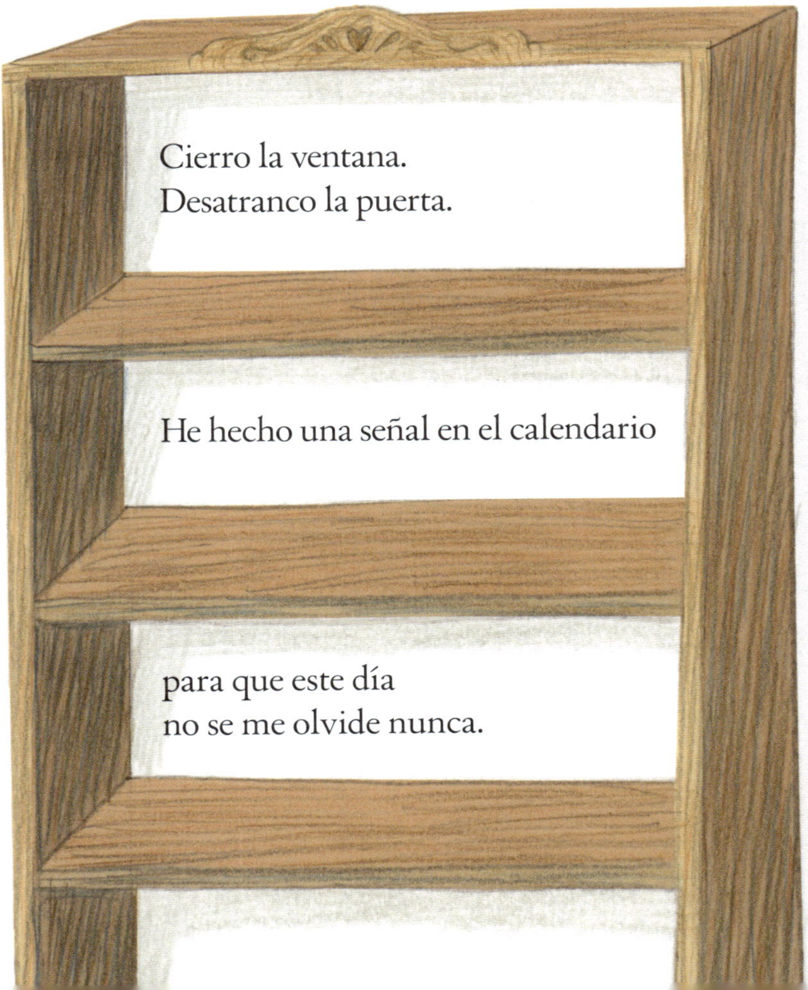

Cierro la ventana.
Desatranco la puerta.

He hecho una señal en el calendario

para que este día
no se me olvide nunca.

TE CUENTO QUE MAR FERRERO...

... en el colegio no era muy deportista. Se escondía detrás de los arbustos para no tener que jugar al baloncesto. Ella prefería dibujar y estar en las nubes, porque, además de no gustarle mucho el deporte, era más bien lenta (seguramente porque siempre tenía la cabeza en otra parte). Su hermano la llamaba «la tortuga Filomena».

Mar Ferrero nació en Madrid en 1968. Estudió Bellas Artes en su ciudad natal, se dedicó durante una temporada a los dibujos animados y luego se hizo ilustradora, profesión que ejerce a contrapelo desde hace muchos años. A veces también escribe sus propios cuentos, monta en bici y toca (muy mal) el clarinete. Vive en la sierra de Madrid con su pareja, sus hijas, una perra, tres gallinas y cinco peces.

TE CUENTO QUE ALFREDO GÓMEZ CERDÁ...

... es una persona muy observadora. También le gusta escuchar. Por eso es probable que, como le ocurrió a Gil, hubiera abierto la ventana al ver aparecer un mukusuluba con un cartel colgado del cuello. Para observarlo mejor.

A Alfredo le gusta mirar hacia adentro y hacia afuera, y así es como escribió esta novela: acordándose de su propia vida, de sus sentimientos cuando era un niño; pero también fijándose en el mundo que ahora nos rodea, ese que nos llena de ruido, que hace difícil la comunicación, incluso entre las personas más cercanas, las que hablan todos los días de muchas cosas... menos de lo importante. Por eso Alfredo nos invita con esta lectura a observar, a escuchar, a dejar escapar las excusas por la ventana y sentarnos a hablar. Para no sentirnos solos.

Alfredo Gómez Cerdá es de Madrid. Desde hace muchos años se siente embrujado por la literatura infantil y juvenil. Ha publicado muchos libros y ha recibido importantes premios: Altea, El Barco de Vapor, ASSITEJ-España de teatro, Gran Angular, Ala Delta, Hache... En 2008 le otorgaron el Cervantes Chico y en 2009 el Nacional de Literatura Infantil y Juvenil.